놀면서 가르치는
우리아이 글쓰기

일기·독서록

홍숙영

박영사

놀면서 가르치는 우리아이 글쓰기 일기·독서록

초판발행   2018년 7월 10일

지은이   홍숙영
펴낸이   안종만

편 집   김상윤
기획/마케팅   김한유
표지디자인   조아라
제 작   우인도·고철민

펴낸곳   (주) **박영사**
           서울특별시 종로구 새문안로 3길 36, 1601
           등록 1959. 3. 11. 제300-1959-1호
전 화   02)733-6771
f a x   02)736-4818
e-mail   pys@pybook.co.kr
homepage   www.pybook.co.kr
ISBN   979-11-303-0600-1   93800

정 가   14,000원

상훈이, 지윤이에게 사랑을 담아,

차례

놀 면 서
가 르 치 는
우 리 아 이
글 쓰 기
일 기
독 서 록

저자의 말

If you can dream
- and not make dreams your master...

얼마전 대학생이 된 딸의 초등학교 때 일기를 찾아 읽어보았습니다. 그 시절 딸의 일기에 자주 등장하는 내용은 빨래와 요리에 관한 것이었습니다. 잠시 딸을 그렇게 부려 먹었나 하는 생각이 들기도 했지만 함께 집안 일을 하며 즐거웠던 기억들이 새록새록 떠올랐습니다. 빨래를 널거나 주먹밥을 만들기도 하고, 베란다에서 물청소를 하다가 물장난이 되어버린 적도 있었습니다. 집에서 원고를 쓰거나 논문을 쓸 때면, 엄마 옆에 있고 싶었던 딸은 동그란 상을 들고 와 책을 올려놓고 읽기도 했습니다.

아이가 일기 쓰는 걸 도와주고, 같이 책을 읽고, 가족 신문을 만들고, 체험학습 보고서를 쓰던 그 시간이 행복했습니다. 무엇보다 그 안에 담긴 그 시간이 그립습니다.

이 책은 부모가 길잡이 역할을 하면서 자녀를 새로운 경험의 세계로 이끌도록 꾸며져 있습니다. 책에서 알려주는 순서와 예시를 따라가다 보면 어느새 일기가 뚝딱, 독서록이 뚝딱 완성돼 있을 겁니다.

겁내거나 어려워하지 말고 자연스럽게 시작해 보기를 권합니다. 인간은 생을 마치는 그날까지 언제나 누구에게서나 배우며 성장하는 존재입니다. 아이의 마음 속으로 들어가 아이를 이해하고 아이의 성장을 도우면서 부모도 점점 성숙해질 것입니다.

아이가 쓴 글에는 아이의 소중한 생각이 담겨 있고, 아이가 읽는 동화책에는 진리와 사랑, 평화와 같은 가치가 담겨 있습니다. 아이가 글을 잘 쓰고 책을 많이 읽어서 지혜로운 사람으로 자라게 된다면 부모로서 커다란 보람과 기쁨을 느끼게 될 것입니다. 그러나 그보다 더 값진 선물은 부모와 아이가 함께 재미있는 시간을 보내는 것입니다. 지나간 시간은 다시 돌아오지 않지만, 행복했던 기억은 부모와 자녀의 마음 속에 오래도록 남아 서로를 연결해 줍니다.

이 책이 부모와 자녀를 이어주는 행복한 고리가 되기를 바랍니다.

놀 면   서
가 르 치 는
우 리 아   이
글   쓰   기
일   기
독   서   록

엄마 아빠와 함께하는 아이의 글쓰기

Fill me with joy to rob the day its length

글은 왜 쓰는 걸까?

　　　　　　　　　　　　글은 왜, 무엇 때문에 써야 하는 것일
까요? 초등학생부터 대학생까지 글쓰기는 피해갈 수 없는 필수 과정입니
다. 그런데 왜 글을 써야 하는지에 대해서는 제대로 알려 주지 않은 채 글
쓰기 교육의 중요성만 강조하는 것 같습니다. 말하기, 듣기, 읽기, 쓰기는
소통을 위해 필요하며 글쓰기는 그 중 하나이기 때문에 글쓰기가 중요한
것은 당연하지만 글쓰기는 타인과의 소통뿐 아니라 자신과의 소통에도 중
요한 역할을 한다는 점에서 차이가 있습니다. 누군가 귀 기울여주지 않더
라도 고이 간직하고 싶은 추억이나 속상한 심정을 스스로에게 털어놓는
것만으로도 큰 위안이 될 수 있습니다. 자기 고백이자 자기 기록인 글쓰기
는 자아의 성장에 도움을 줍니다. 글을 쓰면서 우리는 마음의 안정을 얻고
복잡한 문제를 정리하며 나아가 해결할 수 있는 지혜를 얻습니다.

　글쓰기의 실질적인 효과는 여러 학자들의 실험에서 증명된 바 있습니
다. 심리학자인 로라 킹Laura A. King은 실험 연구를 통해 글쓰기의 긍정적인
면을 증명하기도 했습니다. 꿈이 실현되는 미래에 관해 글을 쓰라고 했을
때 이를 수행한 사람들은 글쓰기가 끝난 직후 몇 주 동안 목표 성취도, 참
여도, 행복지수가 높게 나타난 것입니다. 희망에 관한 것뿐 아니라 불만이

나 괴로움, 속상함에 대한 글도 자신의 심정을 토로하는 동안 부정적인 생각을 떨쳐내고 새로운 각오를 다지며 다시 시작할 수 있게 해 줍니다.

가까운 사람들의 사고나 질병, 죽음에 관한 심경을 토로하는 것은 카타르시스를 느끼게 하며 통찰과 평안으로 나아가게 해 줍니다. 나치 치하에서 홀로코스트를 경험했던 유대인들 가운데 자신의 불행을 이야기하고 글로 썼던 사람들은 그렇지 않은 사람들에 비해 정신적으로나 육체적으로 훨씬 건강했다고 합니다.

심리학자 페니베이커 James W. Pennebaker 는 글쓰기가 심리적으로 얼마나 중요한 지를 연구해 온 학자입니다. 그는 정신적인 억압을 글로 표현하는 것의 효과를 강조했습니다. 글쓰기가 정신적인 문제를 극복할 수 있도록 힘을 주며 건강증진에도 도움이 된다는 것입니다. 페니베이커의 연구에 따르면 글쓰기를 하는 과정에서 인간은 자신에게 닥친 사건의 원인과 해결방안을 찾게 됩니다. 결국 스스로 답을 찾아가면서 치유가 이루어지는 것입니다. 그러나 글쓰기를 통한 위로나 성찰은 한 순간에 이루어지지 않습니다. 처음에 글을 쓸 때는 누구나 좋은 것을 쓰고 싶어하며 내면의 부정적인 심리를 감추려고 합니다. 그 단계가 지나면 자신에게 솔직해지고 감정을 있는 그대로 표현하게 됩니다. 이때는 슬픔이나 분노, 좌절과 같은 부정적인 감정을 드러냅니다. 마지막 단계에서는 자신과 상황에 대해 객관적으로 바라볼 여유를 갖게 되면서 사건과 문제에서 벗어나게 됩니다.

글쓰기는 감성적 사고와 논리적 사고에 모두 작용하며 지나간 일에 대한 성찰과 미래에 대한 희망을 가능하게 합니다. 또한 현실과 상상, 일어난 일과 하고 싶은 일을 모조리 불러 내 한 자리에 모으게 합니다. 글쓰기는 자신과의 내적 대화도 가능하게 하지만 타인과의 외적 대화도 가능하게 합니다. 결국 글을 쓴다는 행위는 나와 나, 나와 타인, 나와 세계를 연결하며 더 큰 '나'를 향해 나아가는 것입니다. 부모가 아이의 글쓰기를 가르치는 것은 사랑스런 아이들이 마음을 열고 더 큰 세상을 항해할 수 있도록 도와주는 것입니다.

자녀의 교육에 있어 부모의 역할은 아무리 강조해도 지나치지 않습니다. 좋은 환경을 만들어주기 위해 이사를 다닌 맹자의 어머니나 떡을 썰며 글쓰기 교육을 시킨 한석봉의 어머니, 수준 높은 연주회에 어린 아들을 데리고 다녔던 모차르트 아버지 등 많은 사례를 알고 있습니다. 그런데 주위를 둘러보면 자녀를 행복한 사람으로 만드는 길이 무엇인지, 그 길로 인도하기 위해 어떻게 해야 되는지 아는 부모는 그다지 많지 않습니다. 자유롭고 창의적이며 안정되고 행복한 삶을 살아갈 자녀를 위해 우리는 어떻게 하는 것이 좋을까요?

창의성에 대해 연구한 학자인 애머빌Teresa Amabile은 자녀의 창의적인 인성에 부모가 모델이 된다는 사실을 강조했습니다. 그녀는 부모들이 자애, 존경, 정서적인 친밀감, 규칙보다 가치, 점수보다 성취, 창의성에 대한 평가, 미래에 대한 비전, 유머 등을 갖추어 자녀들에게 모범이 되어야 한다고 했습니다.

심리학자인 매키넌Donald Mackinnon은 창의적인 건축가 40명의 생활사를 조사한 적이 있었습니다. 이들의 부모들은 자녀를 인정해 주었고 야단을 덜 쳤으며, 자신의 일에 자신감을 갖도록 격려했습니다. 또한 자녀가 독자적이면서도 합리적인 행동을 할 것을 기대하면서 종교 교리에 따르라고 강요하지도 않았습니다. 부모가 자녀에게 다양하고 풍부한 경험을 할 기회를 주고, 직업을 선택할 때 어떠한 압력을 가하지도 않았기에 자녀들은 창의적인 아이디어와 능력을 발휘할 수 있었던 것입니다.

창의력의 대가이자 몰입의 중요성을 연구한 칙센트미하이Mihaly Csikszentmihalyi

는 창의적인 업적을 이룬 사람들의 개인적 배경 중 하나인 가정환경을 연구했습니다. 그 결과 호기심을 격려하는 분위기, 부모의 교육적 분위기, 관련 분야의 숙련가에게 훈련을 받을 수 있는 환경을 제공한 것이 자녀의 창의성에 영향을 끼쳤다고 밝혔습니다.

자녀가 창의성을 발휘하기를 원하는 부모라면 자녀에게 창의적인 환경을 제공해 줄 수 있어야 합니다. 자녀의 호기심을 유발하고 부모 역시 변화하는 시대의 흐름을 읽으며 새로운 것, 신기한 것을 추구하는 것이 일상화 된다면 자녀는 창의적인 사람으로 자랄 것입니다. 현실에 안주하고 도전이나 모험과는 거리가 먼 생활을 하는 부모가 창의적인 자녀를 바랄 수는 없습니다. 실패를 격려하고 호기심을 북돋우며 새로운 것에 대한 관심에 호의적인 부모라면 자녀의 창의성은 당연히 높아질 것입니다.

창의적인 글쓰기란 창의적인 인재를 바라는 분야에서 독창적인 아이디어를 내며 새로운 시각에서 글을 쓰는 것입니다. 글쓰기가 기술이라면 창의적인 글쓰기는 아이디어와 기술이 결합된 것으로 이 시대가 요구하는 글쓰기 능력입니다. 이제 글을 잘 쓴다는 것만으로는 부족하며 독창적인 아이디어로 독특하고 새로운 방식으로 글을 쓸 수 있어야 합니다. 아이들이 창의적인 생각을 하고 창의적인 글을 쓰기 위해서는 다양한 경험을 하고 새로운 시각을 가질 수 있는 환경이 필요합니다. 부모가 자녀에게 어떤 환경을 마련해 주느냐에 따라 결과는 달라집니다.

놀 면 서
가 르 치 는
우 리 아 이
글 쓰 기
일 기
독 서 록

서
는
이
기
기
록

일기쓰기

Your love was like moonlight
turning harsh things to beauty...

일기의 의미

　　　　　　　　　　　　　　　　일기는 자신만의 집을 갖고 그 안을
가꾸어 나가는 것과 같습니다. 옳고 그른 것을 따지거나 아름답고 추한 것
을 가려내는 곳이 아니라 자신의 취향과 감정을 표현하는 곳입니다. 일기
를 쓰면서 우리는 자신과 대화할 수 있습니다. 아이들에게 일기는 그런 의
미로 다가가야 합니다. 가장 편하고 솔직한 상태에서 자신과 만나는 공간
이 바로 일기장이어야 합니다.

　초등학교 1학년 1학기 말쯤부터 아이들은 그림일기나 일기를 쓰게 됩니
다. 일기를 왜 써야 하는지, 일기를 쓰는 것이 얼마나 재미있는지 깨닫지
못한다면 일기쓰기는 그야말로 괴로운 숙제가 되고 맙니다. 게다가 부모
자신이 어렸을 때 일기쓰기와 관련해서 좋지 않은 기억을 갖고 있다면 자
녀의 숙제는 곧 부모의 고행이 될 것입니다.

　즐거운 마음으로 아이의 일기쓰기를 도와주려면 어떻게 해야 할까요?
무엇보다 일기를 쓴다는 것이 얼마나 유익한 활동인지 알아야 합니다. 일
기는 한 개인과 그를 둘러싼 환경에 관한 기록입니다. 일기를 쓰면서 우리
는 스스로 한 일과 생각을 되새김질해보고 자신이 꾸는 꿈을 다짐하며 성
장해 갑니다.

일기는 아이와 함께 떠나는 생각 여행입니다. 아이는 일기쓰기를 통해 배우고 성장해 갈 것입니다. 훗날 아이의 일기는 부모와 아이가 보낸 시간의 기록으로 남게 되며 일기를 쓴 시간은 다시 돌아올 수 없는 소중한 순간이 될 것입니다.

일기는 그 자체로 문학 작품이 되기도 합니다. 히틀러의 통치하에서 숨어 살던 유태인 소녀 안네 프랑크Anne Frank 1929-1945는 자신의 삶이 어둠으로 물들게 내버려 두지 않았습니다. 안네는 생일에 아버지로부터 선물 받은 일기장에 '키티'라는 이름을 붙인 다음 마치 친구에게 비밀 이야기를 하듯 일기를 썼습니다. 언제 비밀경찰에게 들켜서 끌려 나갈지 알 수 없는 불안하고 두려운 상황에서도 살아 있다는 사실에 감사하며 꿈을 키우던 안네의 일기는 많은 사람들에게 희망을 안겨 주는 훌륭한 문학 작품이 되고 있습니다.

일기가 문학 작품으로 인기 있는 이유는 누군가의 삶을 들여다보면서 자신의 삶을 되돌아볼 수 있기 때문입니다. 그리고 누군가의 은밀함을 엿보고 싶은 욕구를 충족시켜주는 의미도 있습니다. 작가와 비밀을 공유함으로써 독자는 작가의 세계에 한 발짝 더 다가가게 됩니다.

세계적인 대문호 톨스토이Lev Nikolayevich Tolstoy 1828-1910는 1847년부터 삶을 마감하는 순간까지 무려 60년이 넘는 세월 동안 20권의 일기를 썼습니다. 그는 생의 마지막 3개월 동안 비밀일기를 쓰기도 했습니다. 톨스토이는 당시 러시아의 부호로 특권을 누리는 계급이었지만 그 모든 것을 버리고 노동하는 삶을 바랐습니다. 그러나 가족들은 그러한 생각을 이해하지 못했고 유일하게 막내딸만이 아버지인 톨스토이의 사상을 존중하고 이해해 주었습니다. 그는 막내딸에게 전 재산을 넘겨 자신의 이상을 실천해 주기를 원했는데 그의 아내는 톨스토이가 노망이 났다며 그러한 유언을 남기지 못하도록 히스테리를 부렸습니다. 말년의 톨스토이는 이런 상황으로 인해 괴로움을 겪어야만 했습니다. 그는 혼자만의 진짜일기인 비밀일기를 쓰면서 감정을 토로하고 스스로를 위로했습니다.

언제나 연필과 메모장을 지니고 다니면서 쓴 톨스토이의 일기는 작가로서 예술을 구현하고 문체를 훈련하는 작업의 일환이었습니다. 또한 질풍노도 같은 감정을 다스리고 어리석은 행동을 반성하며 사상이 자라는 장소이기도 했습니다. 힘든 하루를 마친 다음 날 일기에서 '내가 아직도 살아있다니!'라며 감탄하는 82세의 톨스토이에게서 삶에 대한 애착과 경이감을 느낄 수 있습니다.

버지니아 울프Adeline Virginia Woolf 1882-1941는 스물다섯 살이 되던 1915년 새해 첫날부터 생애 마지막에 이르기까지 27년 동안 꼼꼼하게 일기를 써 왔습니다. 그녀는 이렇게 쓴 것을 정성 들여 묶고 장정을 해서 26권의 공책으로 남겼습니다. 사후에 그녀의 남편은 '어느 작가의 일기'라는 책으로 일기를 펴냈습니다. 여기에는 끊임없이 작품을 구상하고 아이디어를 새로 내며 다 쓴 원고를 고치고 또 고치는 그녀의 일상이 드러납니다. 또한 책이 안 팔릴까 봐 걱정하는 생활인으로서의 작가의 모습과 전쟁을 바라보는 시각도 담겨 있습니다.

아나이스 닌Anais Nin 1903-1977은 내면을 기록한 섬세한 일기로 문학 활동을 한 작가입니다. 심리소설 분야를 개척한 그녀는 여러 문인들과 교류하며 감수성을 키워 나갔습니다. 12살이 되던 해, 가족을 떠난 아버지에게 편지글 형식으로 일기를 쓰기 시작한 그녀는 평생 150여 권의 일기를 썼습니다. 1931년 10월부터 1932년 10월까지 1년 동안 쓴 일기는 '헨리와 준'이라는 책으로 출간되었습니다. 이 시기 아나이스는 '북회귀선'의 작가인 헨리 밀러 부부와 교제하며 느낀 솔직한 감정을 표현했는데, 심리묘사가 탁월한 작품으로 이름을 떨치게 됩니다. 이와 함께 '아나이스 닌의 일기'라는 제목을 달고 아홉 권으로 출간된 그녀의 일기는 서정적이고 시적인 문체로 여성의 자아정체성을 추구하는 뛰어난 문학으로 인정받고 있습니다.

　　　　　　　　　　　　일기쓰기는 우리의 삶을 풍부하게 만들어주는 활동입니다. 일기를 쓰는 동안 우리는 세상을 넓게 보고 너그러워지며 우리 안에 내재된 모든 감각을 깨우게 됩니다. 일기는 스스로 진실과 마주하고 소중한 기억을 끌어내도록 합니다.

　일기는 여러가지 면에서 아이에게 긍정적인 효과를 가져다 줍니다. 무엇보다 일기는 아이에게 심리적으로 도움이 됩니다. 호기심, 기쁨, 자신감, 슬픔, 속상함, 불만 등을 표현하며 자신의 내면과 마주할 수 있기 때문입니다. 일단 내면의 감정이 분출되고 나면 그때부터 성찰이 시작됩니다. 자신의 행동과 감정을 되돌아보고 생각하게 되는 시간입니다. 그러나 아이에게 처음부터 그런 것을 기대할 수는 없습니다. 우선 내면의 목소리에 귀를 기울이며 표현하는 것에 익숙해지면 성찰은 저절로 따라오게 됩니다. 그리고 일기는 관찰하는 힘을 길러줍니다. 자세히 보고 기록하는 과정을 통해 관찰력과 기억력을 높일 수 있습니다. 또한 일기쓰기를 통해 어휘력과 문장력을 키우며 글쓰기 능력을 향상시킬 수 있습니다.

　처음 학교에 들어간 초등학교 1학년의 일기는 숙제라기보다는 생애 첫 기록이라는 점에서 아이와 부모 모두에게 대단한 사건입니다. 행복한 기록이 될 때 일기쓰기는 즐거운 활동이 되지만 억지로 짜내거나 귀찮게 생각한다면 아이에게 괴로웠던 숙제로 남게 될 것입니다. 따라서 무엇보다 자발적으로 재미있게 일기를 쓰도록 지도해야 합니다.

일기장에 이름 붙이기

안네 프랑크가 나치의 악몽을 피해 숨어 살면서도 유머와 희망을 잃지 않았던 것은 그녀의 일기장 '키티'가 있었기 때문입니다. 아이가 일기를 쓰기 위해 제일 먼저 할 일은 일기장을 고르는 것입니다. 글을 읽고 쓸 수 있다면 굳이 그림 일기부터 시작할 필요는 없습니다. 짧게 한 줄이라도 아이가 자신의 감정을 표현할 수 있다면 일기쓰기를 시작해도 좋습니다. 수첩이나 저학년 일기장, 다이어리 같은 것을 준비하되 분량이 많지 않은 것을 선택합니다. 일기 한 권을 끝냈다는 성취감을 맛보기 위해서는 얇은 일기장이 좋습니다. 그리고 나서 아이가 일기장에 이름을 붙이게 합니다. 이름을 붙이는 '명명 Naming'은 창의적인 아이디어가 요구되는 작업 가운데 하나입니다. 네이밍과 로고를 만드는 일만 전문적으로 하는 회사도 많습니다.

아이가 친근함을 느낄 수 있는 이름을 생각해 낼 때까지 격려하며 기다려 줍니다. 이때 주의할 것은 아이의 생각에 제동을 걸어서는 안 된다는 것입니다.

PROJECT ━━━━━━━━━━━━━━ **일기장에 이름 붙이는 방법**

1. 아이에게 기억에 남는 영화와 책, 게임 등에 등장하는 인물의 이름을 떠올려보라고 하거나 좋아하는 색, 음식, 식물, 동물 등의 이름을 적어보라고 합니다.

2. 그 중에서 제일 마음에 드는 이름을 선택하도록 합니다.

3. 일기의 맨 앞장에 일기장의 이름을 적습니다.

일기장에 이름을 붙였으면 이제부터 본격적으로 일기쓰기에 들어가게 됩니다. 일기쓰기는 항상 글감 찾기, 질문하기, 쓰기 이렇게 세 과정으로 진행됩니다. 일기를 쓰기 위해 제일 먼저 생각해야 할 것은 글감입니다. 글감은 '무엇을 쓸까?'에 해당합니다. 글의 내용이 되는 재료를 글감이라고 합니다. 일기를 쓰기 위해 일부러 놀이공원이나 미술관에 갈 필요는 없습니다. 일기는 대단한 것을 쓰는 것이 아니라 사소한 것에서 재미를 느끼고 의미를 발견하는 것입니다.

역발상하기

일기는 하루 동안 있었던 일을 순서대로 기록하는 일지가 아닙니다. 하루에 있었던 일 가운데 가장 인상 깊었던 일을 쓰는 것입니다. 우리의 일상이 이벤트의 연속이 될 수는 없습니다. 어제는 키즈카페에 가고, 오늘은 할머니 집에 가고, 내일은 놀이공원에 가고, 모레는 영화관에 가는 것을 상상할 수는 있겠지만 실제로 일어날 가능성은 희박합니다. 따라서 늘 일어나는 일을 새로운 시각으로 대하고 관찰하여 글로 표현할 수 있도록 해야 합니다. 로버트 서튼은 그의 저서 '역발상'에서 데자부Déjà vu와 부자데 Vu ja dé의 개념을 설명하고 있습니다. 데자부는 프랑스어로 '이미 본 것'이라는 의미입니다. 우리는 낯선 사람, 낯선 환경에 적응하기 위해 자신에게 익숙한 것을 떠올리게 됩니다. 저 사람 어디서 봤더라?, 여기 언제 와 봤더라? 하면서 과거 경험했던 것과 유사점을 찾아내려고 합니다. 심리학 용어로는 이를 '기시감'이라고 합니다. 반면에 부자데는 데자뷰와 반대의 개념입니다. 데자뷰가 실제로 체험한 적이 없는 일을 전에 경험한 것처럼 느끼는 것이라면 부자데는 이미 수백 번 경험한 것을 마치 처음인 것처럼 느끼고 행동하는 것을 의미합니다. 우리의 일상에 이런 시각을 도입하면 삶은 달라집니다. 영화 '첫 키스만 50번째 50 First Dates'의 주인공 루시는 단기기억 상실증에 걸려 하루만 지나면 자신이 전날 겪었던 일을 잊어 버립니다. 데이트도, 키스도 그녀에게는 모든 것이 처음입니다. 만약 우리가 가까운 사람들을 이렇게 대한다면 불화도 줄어들 것입니다. 아이들의 창의성을 높여주기 위해서는 바로 이 부자데 훈련이 필요합니다. 늘 다니던 길, 늘 만나는 사람들, 늘 먹는 음식을 전혀 새로운 각도로 바라볼 수 있어야 합니다.

아이가 역발상을 할 수 있도록 반복적으로 벌어지는 일에 대해 새로운 시각에서 바라보는 미션을 수행하도록 합니다.

PROJECT　　　　　　　　　　　　　**아이에게 역발상 질문을 던져 봅니다**

❋ **물고기 먹이를 주며**

　물고기는 우리가 주는 먹이가 맛있을까? 물고기도 편식을 할까?

　물고기는 무엇을 먹고 싶을까?

❋ **밥을 먹으며**

　왜 꼭 밥을 먹어야 할까? 밥은 왜 질리지 않는 걸까?

　고구마, 감자, 옥수수, 과자, 아이스크림을 밥 대신 먹으면 어떻게 될까?

❋ **TV를 보며**

　TV는 왜 네모난 걸까? 동그라미, 세모, 별 모양의 TV는 어떨까?

　그런 걸 만든 사람도 있을까?

❋ **아이의 방을 둘러보며**

　벽지의 무늬를 어떤 모양으로 바꾸면 좋을까?

　왜 조명등은 천정 가운데에 달려 있을까?

　이 방을 다시 꾸며 본다면 어떨까?

새로운 시도

역발상과 함께 창의력을 높이기 위해 필요한 활동은 '새로운 경험'입니다. 비록 부모가 보기에 그것이 사소하고 하찮게 여겨질지라도 아이에게는 대단한 사건이 될 수 있습니다.

PROJECT ——————— **아이에게 쉽지만 특별한 사건이 될 수 있는 일들**

❋ 전자레인지 사용법 알려주기

❋ 빨래 널기

❋ 동네 공원에 가서 운동기구 사용해 보기

❋ 오목 두기

❋ 심부름하기

❋ 이웃 초대하기

❋ 청소하기

❋ 씨앗 심기

❋ 화분 가꾸기

※ 아이와 같이 동네 카페에 가서 새로운 음료를 시켜 마셔보고 느낌을 적게 하세요.

우리 동네 커피

○월 ○일 ○요일 날씨 ☆맑음

엄마와 카페에 갔다. 카페 이름은 '우리 동네 커피'였다. 이름이 좀 시시하다고 생각했다. 나는 더워서 아이스크림을 먹으려고 했는데 엄마가 블루베리에이드를 시켜 보자고 하셨다. 색깔은 진한 보라색인데 맛은 달콤했다. 블루베리는 눈을 밝게 해 주는 과일이라고 한다. 아빠가 안경을 써서 나도 안경을 쓸 거라고 생각했는데 눈이 좋아지면 어쩔까 걱정이 되었다. 나는 아빠처럼 안경을 쓰고 멋져 보이고 싶다.

※ 아이에게 요리를 가르쳐 주며 경험과 생각을 적게 하세요.

주먹밥

○월 ○일 ○요일 날씨 ☆맑음

엄마와 같이 주먹밥을 만들었다. 잘게 썰어 볶은 야채랑 소금, 참기름, 밥을 넣고 섞은 다음 손으로 뭉쳤다. 나는 밥을 뭉치는 일을 맡았는데 엄마가 시범을 보여줬다. 엄마는 예쁘게 잘 되는데 나는 계속 삐뚤어졌다. 내가 속상해하자 엄마는 뱃속에 들어가면 다 똑같다고 했다. 내가 만든 음식을 먹으니 맛도 좋고 뿌듯했다. 다음엔 어떤 요리를 만들까?

일기쓰기를 위한 세 가지 질문

일기를 쓰기 위해 아이에게 무엇을 했는지, 어떻게 했는지, 기분이 어땠는지 세 번의 질문을 던집니다.

1. 오늘 제일 기억나는 일이 뭐야?
2. 어떻게 했는데?
3. 어떤 생각이 들었어? 어떻게 느꼈어?

여기서 1번은 글감이 됩니다. 2번은 글의 내용입니다. 3번은 느낀 점이나 아이의 생각이 담기는 부분입니다. 이와 같은 질문에 대한 아이의 답이 곧 일기로 탄생하는 마법이 일어납니다.

PROJECT ━━━━━━━━━━━━━━━━━━━ **일기쓰기를 위한 세 가지 질문**

아이에게 세 가지 질문을 던지고 그에 대한 대답을 듣습니다.

Q. 오늘 어떤 일이 제일 재미있었어?
A. 짝 얼굴 그린 일이요.
Q. 어떻게 그렸는데?
A. 이상하게 그렸어요.
Q. 그래서 어땠어?
A. 예쁘게 그려주고 싶었는데 잘 안 돼서 속상했어요.

Q. 오늘 어떤 일이 제일 재미있었어?
A. 놀이터에서 줄넘기 한 일이요.
Q. 어떻게 했어?
A. 은미랑 누가 안 걸리고 더 오래 하나 시합했어요.
Q. 그래서 어땠어?
A. 힘들었지만 재밌었어요.

제목쓰기

제목은 글이 어떤 방향으로 가는지, 어떤 내용을 담았는지 알려주는 나침반과 같습니다. 우리가 영화나 드라마, 책을 선택할 때 제목에서 내용을 가늠해 볼 수 있습니다. 아이가 글에 제목을 다는 것도 마찬가지입니다. 무엇을 쓸지 막막하지 않게 길을 알려주는 것이 제목입니다. 처음 제목을 정할 때는 글감을 짧게 만들어 붙이는 것이 좋습니다.

PROJECT ──────────────────── 어렵지 않게 제목 정하기

Q. 오늘 있었던 일 중에 어떤 게 제일 기억나?

A. 칭찬 잇기 한 게 기억나요.
　제목 ⟶ 칭찬 잇기

A. 친구들이랑 놀이터에서 줄넘기 한 게 기억나요.
　제목 ⟶ 줄넘기

A. 아이스크림 사 먹었던 거요.
　제목 ⟶ 아이스크림

세 문장으로 적기

　　　　　　세 번의 질문은 세 개의 문장으로 구
성된 일기로 변하게 됩니다. 질문에서 보다 상세하게 들어가면 세 문장 이
상이 만들어지지만 아직 초기 단계이므로 아이에게 어려움을 줘서는 곤란
합니다. 처음 글쓰기는 무조건 재미있어야 하기 때문에 조금이라도 흥미
를 떨어뜨리는 요구를 해서는 안 됩니다. 욕심을 부리거나 지나친 기대를
하지 말고 단 세 문장의 짧은 글을 유도하는 것을 목표로 삼아야 합니다.

　다음은 질문을 일기로 옮겨 쓰는 과정입니다. 부모가 아이와 함께 이러
한 과정을 반복하다 보면 아이가 혼자서도 자신감을 갖고 일기를 쓸 수 있
게 됩니다.

짝의 얼굴

○월 ○일 ○요일 날씨 ☆

짝의 얼굴을 그렸다. 예쁘게 잘 안 되고 이상했다. 그래서 속상했다.

줄넘기

○월 ○일 ○요일 날씨 ☆

놀이터에서 줄넘기를 했다. 은미랑 누가 더 안 걸리고 많이 하는지 시합을 했다.
힘들었지만 재미있었다.

비야, 그만

6월 27일 토요일 날씨 ☆비

며칠 동안 계속 비가 왔다. 우산 들기도 귀찮고 친구들과 놀 수도 없어 심심했다.
비야, 제발 그만 오면 좋겠다.

이렇게 세 가지 질문에 대한 답을 쓰는 사이 아이는 저절로 일기를 쓰고 있는 자신을 발견하고 기쁨을 느끼게 됩니다. 이러한 글쓰기가 어느 정도 연습이 되면 다음 단계로 나아갑니다. 질문을 한두 개 정도 더 추가해서 보다 자세히 쓰는 발전 단계입니다.

아이의 대답에 따라 적절하게 질문을 추가해 봅니다.

짝의 얼굴

○월 ○일 ○요일 날씨 ☆맑음

짝의 얼굴을 그렸다. 예쁘게 잘 안 되고 이상했다.

어떻게 이상했어? ➝ 눈썹이 삐뚤어지고 입이 크게 됐다.

그래서 짝이 뭐래? ➝ 짝은 하나도 안 닮았다고 했다. 짝은 그림을 잘 그려서 나를
예쁘게 그려줬다. 그래서 미안하고 속상했다.

속상하고 또 어떤 마음이 들었어? ➝ 나도 그림을 잘 그리고 싶다.

제목: 줄넘기

○월 ○일 ○요일 날씨 ☆맑음

놀이터에서 줄넘기를 했다. 은미랑 누가 더 안 걸리고 많이 하는지 시합을 했다.

누가 이겼어? ➞ 은미가 이긴 적도 있고 내가 이긴 적도 있다.

어떤 게 힘들었어? ➞ 오래 하니 발이 아프고 땀이 났다. 힘들었지만 재미있었다.

질문과 답을 통한 일기쓰기

질문과 답	일기

빨래

○월 ○일 ○요일 날씨 ☆

무엇을?	엄마랑 빨래 널기를 했어요.	→	엄마와 빨래를 널었습니다.
어떻게?	탈탈 털어서 널었어요.	→	엄마를 따라 탈탈 털었습니다.
엄마는 어떻게?	칭찬해 주셨어요.	→	엄마가 잘 한다고 칭찬을 하셨습니다.
생각이나 느낌은?	좋은 냄새가 나고 기분이 좋았어요.	→	냄새도 좋았고 기분도 좋았습니다.

오목

○월 ○일 ○요일 날씨 ☆

무엇을?	아빠랑 오목을 했어요.	→	아빠와 오목을 두었다.
어떻게?	아빠가 이겼어요.	→	아빠가 세 번 이겼다.
아빠는 어떻게?	잘했다고 했어요.	→	내가 두 번 이기니까 잘했다고 하셨다.
생각이나 느낌은?	이기고 싶어요.	→	다음에는 꼭 세 번 이겨야겠다.

망고주스

○월 ○일 ○요일 날씨 ☆

무엇을?	망고주스를 마셨어요.	→	어제는 처음으로 망고주스를 마셨다.
어떻게?	가족이 다함께 카페에 갔어요.	→	가족이 다함께 카페에 갔는데 엄마가 망고주스를 시켰다.
동생은 어떻게?	동생은 이상하다고 했어요.	→	동생은 이상한 맛이라고 먹지 않았다.
생각이나 느낌은?	신기한 맛이 좋았어요.	→	나는 신기한 맛이 좋아 많이 마셨다.

심화 단계 8~10 문장

심화단계에서는 상세한 부분을 추가하고 극적인 상황을 떠올리도록 합니다. 그리고 꾸며주는 말을 사용하여 문장을 아름답게 쓰는 훈련도 병행합니다. 이 단계에서는 제목을 정할 때 내용 가운데 특이한 부분에 주목해서 붙이도록 하면 좋습니다. 글이 중구난방으로 흩어지지 않고 글감으로 정한 한 가지 사건에 매달리도록 지도합니다. 길이는 8~10문장 정도가 적당합니다.

❋ 기억나는 일은? ⟶ 1~2문장

❋ 어떻게 됐지? ⟶ 3~4문장

❋ 생각이나 느낌은? ⟶ 2~3문장

새로운 맛의 발견

○월 ○일 ○요일 날씨 ☆맑음

어제는 날씨가 좋아서 가족이 다같이 공원에 갔다.

벚꽃이 바람에 날리는 모습이 보기 좋았다.

동생과 나는 자전거를 타고 엄마, 아빠는 우리 뒤를 따라 걸으며 사진을 찍었다.

공원에서 놀다가 시원한 것을 마시기 위해 카페에 갔다.

엄마가 망고주스를 시켰는데 색깔이 노랗고 예뻤다.

맛을 보니 달콤하고 부드러웠다.

동생은 이상하다며 마시지 않아서 나 혼자 많이 마셨다.

사람마다 생김새가 다르듯 좋아하는 것도 다른가 보다.

신기하고 새로운 망고주스의 맛을 발견해서 기뻤다.

빨래 널기 법칙

○월 ○일 ○요일 날씨 ☆맑음

엄마가 같이 빨래를 널자고 하셨다.

엄마를 따라 빨래를 탈탈 털어서 널었다.

티셔츠는 옷걸이에 걸어야 모양이 바로 된다고 하셨다.

양말이랑 속옷은 빨래 집게로 꽂았다.

빨래를 너는 데도 여러 가지 법칙이 있었다.

빨래에서는 좋은 냄새가 났다.

엄마가 잘 한다고 칭찬을 해 주셨다.

엄마를 도와서 기분이 좋고 깨끗한 빨래를 보니 마음도 깨끗해졌다.

장마

6월 27일 토요일 날씨 ☆비

며칠 동안 계속 비가 오고 우르릉 쾅쾅 천둥도 쳤다.

장마라서 계속 비가 오는 거라고 했다.

학교에서 집으로 오는데 차가 지나가면서 물을 튀겼다.

더러운 물이 옷에 묻었다.

운전하는 아저씨를 째려봤지만 소용없었다.

사람들이 조심하지 않고 양심도 없는 것 같다.

매일 우산을 들고 비옷을 입는 게 귀찮다.

친구들과 밖에서 뛰어 놀 수도 없으니 심심하다.

얼른 장마가 끝나면 좋겠다.

🌱 상상 일기

  상상 일기를 쓰면 동물이나 식물, 사물에 이르기까지 감정이입을 하는 법을 배울 수 있습니다. 아이들이 좋아하는 애니메이션에는 말하는 장난감이나 동물, 천사, 마법사와 같은 가공의 인물이 등장합니다. 상상력은 문학이나 예술분야에서만 요구되는 능력이 아닙니다. 전화기나 라디오, 텔레비전, 자동차, 잠수함 등은 모두 인간의 상상력을 적용해 만들어 낸 결과물입니다. 상상력은 생물과 무생물을 연결해 주며, 존재와 존재 간의 빈 공간을 메워 새로운 것을 창조해 냅니다. 평창 동계 올림픽의 드론 오륜기도 이러한 상상력의 결과로 탄생한 것입니다. 로봇이 청소를 하고 말로 냉장고를 열며 화상으로 회의를 하는 미래를 상상했던 인간의 꿈이 점점 더 현실이 되어가고 있습니다. 상상 일기를 쓰며 아이들은 미지의 세계로 날아가 신비의 인물들과 멋진 친구가 될 것입니다.

1. 내가 ~라면?

아이에게 '로봇이라면? 새라면? 꽃이라면? 엄마라면? 선생님이라면? 의자라면?' 등과
같은 질문을 던진 다음 답을 기다립니다. 부모도 같이 답을 하며 놀이처럼 진행해도
좋습니다.

내가 엄마가 된다면

○월 ○일 ○요일 날씨 ☆맑음

초콜릿을 많이 사주겠다. 방을 어질러도 야단 안 치고 게임도 많이 하게 해주겠다.
동생과 싸우면 언니 편을 들겠다.

내가 엄마가 된다면

○월 ○일 ○요일 날씨 ☆

화장도 할 수 있고 슈퍼에 가서 마음대로 살 수도 있고 아이들을 혼낼 수도 있어서
좋겠다. 시험을 안 쳐서 제일 좋겠다. 빨리 엄마가 되면 좋겠다.

내가 의자라면

○월 ○일 ○요일 날씨 ☆

주인이 게임을 오래할 때 엉덩이를 콕콕 찌르겠다. 주인이 방귀를 뀌면 멀리 도망 가
야지.

2. 상상 속의 인물에게 말 걸기

천사, 공주, 왕자, 말하는 두꺼비, 공룡, 외계인과 같은 가공의 인물에게 말을 거는
형식입니다. 부모와 아이가 서로 역할을 바꿔가며 대화해도 좋습니다.

도깨비

○월 ○일 ○요일 날씨 ☆

도깨비야. 넌 참 개구쟁이구나.

내 짝도 너처럼 장난을 잘 친단다. 너에게는 신기한 방망이가 있어서 장난을 치고
사라질 수 있지만, 내 짝은 장난을 치다 걸려서 항상 선생님한테 혼이 나. 장난을 칠
때는 얄밉지만 야단을 맞을 때는 정말 속상해. 짝에게 너의 방망이를 빌려 주면 좋
을 텐데.

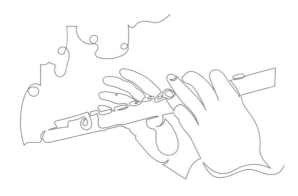

3. 상상의 나라 여행기

거인나라, 소인국, 바다 속, 별나라, 달나라, 마녀의 나라 등 상상의 세계를 직접 여행
한 것처럼 보고 듣고 느낀 점을 상상해서 쓰는 방법입니다.

별나라 여행

○월 ○일 ○요일 날씨 ☆

커다란 우주선을 타고 별나라에 갔어요. 별나라에는 별이 없었어요. 달과 해도 없고
푸른 하늘만 펼쳐져 있었어요.

별나라 사람들은 머리에 반짝이는 머리띠를 하고 하늘을 날아 다녔어요. 별나라에
서 만난 친구가 선물로 머리띠를 한 개 주었어요. 그 때부터 신기하게 하늘을 날 수
있었어요. 별사탕도 먹고, 놀이기구도 타고 신나게 놀았어요. 한참을 놀다 보니 잠
이 왔어요. 그런데 하늘이 계속 환했어요. 친구에게 잠은 언제 자냐고 물어보니 밤이
없어서 잠을 자지 않는다고 했어요. 너무 졸리고 집에 가고 싶었어요. 집에 보내주세
요. 제발.

다양한 재료

　　　　　　　똑같은 방식으로 일기쓰는 것을 지루해 하거나 변화가 필요하다고 느낀다면 특이한 재료를 찾아보고 틀에서 벗어난 방법으로 일기를 써 보는 것도 좋습니다. 노트 형식의 일기장이 아니라 다른 재질이나 만들기 등의 방법으로 흥미를 유발하다 보면 어느새 다시 일기쓰기에 재미를 붙이게 될 것입니다.

PROJECT ────────────────────────────── **흥미 유발**

※ 냅킨, 천, 신문지, 색종이, 사진 붙이기, 콜라주 등 다양한 재료와 방식으로 마음을 표현해 봅니다.

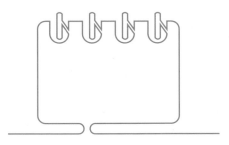

목록 일기

갖고 싶은 물건, 먹고 싶은 음식, 만나고 싶은 사람, 가고 싶은 곳 등에 관한 목록을 적고 그 이유에 대해 생각해 보는 일기입니다.

PROJECT ━━━━━━━━━━━━━━━━━━━━━━━━━━ **목록 쓰기**

※ 받고 싶은 선물을 목록으로 적고 가장 받고 싶은 선물을 고르고 그 이유를 적어 보도록 합니다.

※ 좋아하는 음식의 목록을 적고 가장 좋아하는 음식과 그 음식에 대한 생각을 적어 보도록 합니다.

※ 만나고 싶은 사람 세 명의 이름을 목록으로 적고 그 이유를 적어 보도록 합니다.

생일 선물

○월 ○일 ○요일 날씨 ☆

내 생일은 5월 20일입니다. 다음은 생일 선물로 받고 싶은 것들입니다.

운동화, 레고, 발레복, 생일 케이크, 곰인형, 모자, 놀이공원.

이 중에서 하나만 고른다면 놀이공원에 가는 것입니다. 가족이 다 함께 즐거운 시간을 보낼 수 있으니까요.

내가 좋아하는 10가지 음식

○월 ○일 ○요일 날씨 ☆

내가 좋아하는 음식 10가지를 골랐다.

짜장면, 피자, 참치 김밥, 라면, 갈비찜, 아이스크림, 삼겹살, 양념치킨, 감자튀김, 불고기.

이 중에서 제일 좋아하는 건 갈비찜이다. 그런데 비싸기 때문에 자주 먹을 수 없다.

이사를 갔거나 같은 유치원에 다녔지
만 다른 학교에 가게 된 친구에게 편지 형식으로 일기를 써 보게 하는 것
도 좋습니다. 친구를 그리워하는 애잔한 마음과 같이 뛰어놀았던 기억이
아이를 정서적으로 풍부하게 만들어 줄 것입니다.

PROJECT ━━━━━━━━━━━━━━━━━━━━━━━━━━ **편지 쓰기**

※ 생각나는 친구에게 편지 형식을 갖춘 일기를 써보도록 합니다.
　 이때 엄마, 아빠의 어린시절 친구들의 이야기를 함께 들려주도록 합니다.

코딱지 기훈이에게

○월 ○일 ○요일 날씨 ☆

기훈아, 안녕! 나. 땅꼬마 은율이야.
나는 딱지만 보면 니 생각이 나. 키가 작다고 애들이 나는 땅꼬마,
너는 코딱지라고 불렀잖아. 나한테 딱지 만드는 걸 알려줘서 고마워.
우리 동네에 혹시 오게 되면 꼭 우리 집에 놀러와. 중앙아파트 1동 501호야.
왕딱지 만들어서 너랑 꼭 다시 붙고 싶어. 그리고 키도 얼마나 컸는지 재 보자.
그럼 다시 만날 때까지 안녕.
은율이가.

🌱 대화체 일기

대화체 일기는 다른 사람의 대화를 듣거나 서로 대화한 내용을 기록한 일기 형식입니다. 희곡이나 드라마, 영화는 대부분 대화체로 구성되어 있으며 동화나 소설에도 대화 형식의 글이 자주 등장합니다. 대화체는 문학 장르에서 중요한 부분을 차지하고 있는 글쓰기 형식입니다. 가족들 간이나 친구, 학교에서의 대화를 떠올리며 일기를 써보도록 합니다. 새로운 형식의 일기에 아이가 한껏 고무될 것입니다.

PROJECT	편지 쓰기

※ 가족들의 대화 내용을 녹음해서 기록해 봅니다.

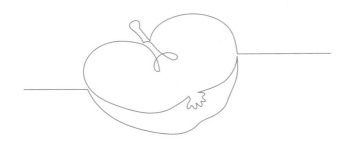

엄마아빠의 대화

○월 ○일 ○요일 날씨 ☆

엄마: 여보!

아빠: 응?

엄마: 밥 다 먹었으면 바로 설거지 해야지. 왜 이렇게 어질러 놓았어?

아빠: 응.

엄마: 지금 하라니깐.

아빠: 응.

엄마: 빨리.

아빠: 응. 금방 할게.

엄마: 여보!

아빠: 응?

엄마: 빨래 왜 이렇게 다 뒤집어 놓았어?

아빠: 응.

엄마: 이렇게 하지 말라고 했잖아.

아빠: 응.

엄마: 다시는 이러지 마. 알았지?

아빠: 응.

엄마가 무슨 얘기를 해도 아빠는 '응' 한마디로 끝낸다.

엄마와 아빠는 늘 이런 얘기만 한다. 부부란 그런 건가 보다.

상준이도 엄마는 계속 이야기하는데 아빠는 집에서 거의 말을 안 한다고 했다.

나도 아빠가 되면 말을 안 하게 될까? 그렇지만 지금은 할 말이 너무 많다.

동시 일기

아이에게 동시를 읽어주고 오늘 하루 인상 깊었던 물건이나 사람에 대해 적어보자고 합니다. 이 때 동시의 형식이나 맞춤법에 구애 받지 않고 자유롭게 느낌을 표현할 수 있도록 격려해 줍니다.

PROJECT ——————————————————————————— 동시 일기

※ 꽃이나 나무를 소재로 선택해 짧은 동시를 지어 봅니다.

파란 장미

ㅇ월 ㅇ일 ㅇ요일 날씨 ☆

파란 장미를 보았어요. 빨간 장미, 노란 장미, 파란 장미가 예쁘게 꽂혀 있었어요.

지우가 파란 장미는 가짜라고 했어요.

가짜 꽃도 있는 걸까? 진짜랑 가짜는 어떻게 구분할까?

가짜라도 파란 장미는 예쁘기만 해요.

아무렇게나 쓴 것 같아도 그 안에는 세상을 바라보는 아이의 시각과 생각이 담겨 있습니다. 가짜와 진짜가 뒤섞인 우리 삶의 현실을 아이는 인지하고 짚어 냅니다.

수수께끼

동물이나 식물, 물건 등을 소재로 수수께끼 형식으로 일기를 씁니다. 소재의 특징과 의미를 찾아낼 수 있고 관찰하거나 생각을 이어가는 힘을 길러줄 수 있습니다. 무엇보다 재미있고 자연스럽게 긴 글을 쓸 수 있기 때문에 효과적입니다.

`PROJECT` ━━━━━━━━━━━━━━━━━━━━━━━━━━━━━ **수수께끼**

※ 엄마, 아빠가 수수께끼를 내거나 아이가 수수께끼를 내고 그 내용을 일기로 적습니다.

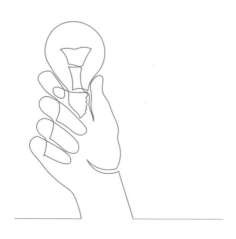

이것은 무엇일까요?

○월 ○일 ○요일 날씨 ☆

이것은 물건입니다.

무슨 색깔인가요? 하얀 색입니다.

둥그런가요? 약간 길쭉합니다.

몸에 바르는 건가요? 바르는 건 아니지만 몸에 사용됩니다.

매일 사용합니까? 그렇습니다.

하루에 몇 번 사용할 수 있나요? 원하는 만큼 사용하지만 보통 세 번 사용합니다.

정답! 치약입니다.

맞습니다.

하루 세 번 삼 분씩 이를 닦아야 이가 상하지 않는다고 합니다. 귀찮지만 치과 가는 건 정말 무서우니까 열심히 이를 닦습니다.

게임

　　　　사다리 타기나 게임 스토리를 만드는 것도 새로운 방식의 일기입니다. 선생님이나 부모님을 위해 할 수 있는 일을 적은 다음 사다리를 만들어 선택하도록 합니다. 그 과정에서 아이는 일기쓰기에 재미를 붙이게 됩니다.

PROJECT ────────────────────────── **게임 일기**

※ 일기장에 아이가 부모를 위해 하고 싶은 일을 적게 한 다음 그 위에 포스트잇을 붙여 가립니다. 부모가 그 중 한 가지를 선택하면 아이는 포스트잇을 떼어내고 당첨된 활동을 수행합니다.

사다리 타기

다음 중 하나를 골라 주세요. 도환이가 선생님을 위해 준비했습니다.

혹시 '꽝'이 걸리면 한 번 더 기회를 드릴게요.

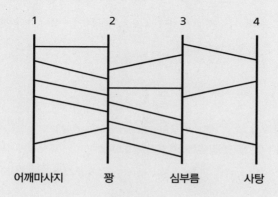

3인칭으로 써 보기

'나' 대신 자신의 이름을 넣어 글을 써 보면 제3자의 관점으로 스스로를 바라볼 수 있습니다. 자신을 바라본다는 것만으로도 흥미롭고 자신이 주인공으로 등장하는 이야기의 작가가 된 기분도 느낄 수 있을 것입니다.

PROJECT ━━━━━━━━━━━━━━━━━━━━━━━━━ **3인칭으로 쓰기**

※ 아이가 쓴 일기를 3인칭으로 바꿔 써 보게 합니다.

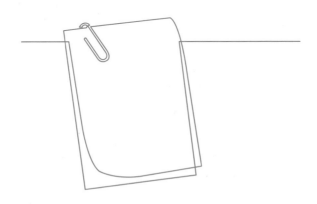

엄마의 메모

ㅇ월 ㅇ일 ㅇ요일 날씨 ☆

엄마는 직장에 다니기 때문에 나는 매일 혼자 문을 열고 집에 들어간다. 혹시 도둑놈이 볼 수도 있기 때문에 주변을 살핀 다음 손으로 번호를 가린 채 비밀번호를 누른다. 엄마는 매일 냉장고에 메모를 붙여 내가 먹을 간식이 뭔지 알려 주신다. 오늘은 어떤 게 준비됐을까? 학교에서 받은 스트레스를 풀 수 있는 맛있는 간식이면 좋겠다.

은서의 간식

ㅇ월 ㅇ일 ㅇ요일 날씨 ☆

은서의 엄마는 직장에 다니십니다. 그래서 은서는 매일 혼자 문을 열고 집에 들어갑니다. 혹시 도둑놈이 볼까 봐 은서는 주변을 살핀 다음 손으로 번호를 가린 채 비밀번호를 누릅니다. 은서의 엄마는 매일 냉장고에 메모를 붙여 은서가 먹을 간식이 뭔지 알려 주십니다. 오늘은 어떤 게 준비돼 있을까, 기대하며 은서는 냉장고 앞으로 갑니다.

"은서야. 냉장고 안에 샐러드 빵 해 놨으니까 먹어. 우유도 마시고. 사랑해~♡"

은서는 학교에서 있었던 속상한 일도 모두 잊고 냉장고 문을 엽니다.

역시 엄마 최고!

흉내내기

일기를 쓸 때 소리를 흉내 내는 의성어, 모양이나 행동을 흉내 내는 의태어를 사용할 수 있도록 해 봅니다. 우리말에는 의성어와 의태어가 많기 때문에 이를 사용해 표현을 풍부하게 할 수 있습니다. 평소 아이와 대화할 때에도 부모가 이러한 어휘를 사용하면 아이의 어휘력과 표현 능력을 높일 수 있습니다.

예를 들어,
- 모기가 윙윙거리는데 어떻게 잡지?
- 바람이 세게 부니까 창문이 덜컹거리네.
- 아빠가 주무시니까 소곤소곤 이야기하자.
- 아기가 뭐가 좋은지 방긋방긋 웃고 있네.
- 추우니까 목도리로 꽁꽁 싸매고 나가자.
- 공이 데굴데굴 굴러간다.
- 엄마 심부름을 가는데 갑자기 비가 후드득 쏟아졌다.
- 강아지가 졸랑졸랑 따라왔다.
- 게임을 하는 시간은 항상 후다닥 지나간다.
- 오토바이가 부릉부릉 하더니 어느새 멀리 가 버렸다.

이런 식으로 다양한 표현을 사용하도록 훈련합니다.

※ 아이가 쓴 일기를 흉내 내는 말을 사용해 다시 써 보게 합니다. 이때 부모가 어떤 소
　리가 났는지, 어떻게 움직였는지 등, 질문을 던져주면 좋습니다.

불금

○월 ○일 ○요일 날씨 ☆

금요일 저녁은 우리 가족만의 불금이다.

불금이 불타는 금요일이라는데 그게 무슨 뜻인지 모르겠다.

어쨌든 금요일은 치킨을 시켜먹는 불금이다.

아빠와 엄마는 생맥주도 시킨다.

부릉부릉 오토바이 소리가 났다.

치킨이닭!

동생과 나는 소리를 지르며 소파에서 팔짝팔짝 뛰었다.

그러다 엄마한테 혼이 났지만

바삭바삭한 치킨을 먹을 수 있으니 괜찮다.

비밀일기

진실하고 솔직하게 쓰는 일기가 진짜 일기입니다. 아이가 언제나 자신의 잘못에 대해 반성하는 것은 아닙니다. 때로 아이는 왜 자신이 야단을 맞아야 하는지 의아해하며 잘못을 인정하지 않는 경우도 있습니다. 그럴 때 억지로 반성을 하거나 미안한 마음을 가지는 것처럼 꾸미는 일기를 유도해서는 곤란합니다. 일기는 무엇보다 진실을 담아야 하기에 부끄러운 일, 억울한 일, 어리석은 일, 야단맞은 일, 걱정거리 등을 자유롭게 쓸 수 있어야 합니다. 아이가 자신의 비밀을 지키고 싶어 하거나 속마음을 보여주려고 하지 않는다면 그런 감정을 존중할 필요가 있습니다. 이때는 비밀 일기를 쓰도록 하는 것도 좋습니다. 일기 위에 종이로 덮고 풀이나 스카치테이프를 붙이게 하는 것도 한 방법입니다.

황선미 작가의 동화 '일기 감추는 날'은 선생님과 부모의 일기 검사가 타당한가에 대해 의문을 던집니다. 아이들에게도 사생활이 있고 감추고 싶은 비밀이 있다는 것을 인정해야 합니다. '일기 감추는 날'에 등장하는 동민이는 성실하게 학교생활을 하는 아이입니다. 그러나 부모님의 사이가 좋지 않다는 것을 알게 되면서 마음이 무거워지고 친구 경수로부터 오해를 받게 되면서 괴로움에 시달립니다. 일기를 통해 이런 자신의 마음이 타인에게 알려지는 것이 싫었던 동민이는 일기 검사를 맡는 대신 차라리 벌을 받기로 하고 선생님께 일기장을 내지 않습니다. 동민이의 심정을 알게 된 선생님은 일기 대신 편지를 내도 좋다고 허락합니다. 아이들이 동의를 한다면 일기 검사를 해도 되지만 이 경우에도 섣불리 아이들의 삶에 개입하거나 중재를 하려 들어서는 곤란합니다. 일기의 주인은 일기를 쓴 사람입니다. 어른이라고 해서 아이의 글을 마음대로 볼 권리는 없으며 따라서 아이의 생각과 행동을 존중하고 비밀을 지켜줄 수 있어야 합니다. 아이와 부모 사이에 그러한 신뢰가 쌓인다면 아이는 일기에 진실을 담으며 성장해 나가게 될 것입니다.

※ 아이에게 일기에 암호를 사용하도록 해 보세요.

가지나각다

○월 ○일 ○요일 날씨 ☆

늘잠을가자서나지각을다했다.가어젯밤나늦게까지다게임을가해서나늦게다일어났다.가벌청소를나하고다집에가오니나엄마가다일주일동안가컴퓨터나금지라고다하셨다.가늦잠만나자지다않았더라면가들키지나않고다벌도가안나받았을다텐데.가잠이나원수다.

가지나각다

○월 ○일 ○요일 날씨 ☆

늘잠을가자서나지각을다했다.가어젯밤나늦게까지다게임을가해서나늦게다일어났다.가벌청소를나하고다집에가오니나엄마가다일주일동안가컴퓨터나금지라고다하셨다.가늦잠만나자지다않았더라면가들키지나않고다벌도가안나받았을다텐데.가잠이나원수다.

교환일기

　　　　　　　　교환 일기는 친한 친구와 일기장을 바꿔서 쓰는 방식입니다. 이러한 방법은 다른 사람의 생각을 이해하고 상대방을 배려하는 것을 배우는데 도움이 됩니다. 그러나 지나치게 이런 방식에 의존할 경우 일기의 본래 목적인 자신과의 대화나 자기 기록에서 멀어질 수 있으므로 주의합니다.

은수와 지우의 교환 일기

지우가 부럽다

8월 16일 수요일 날씨 ☆맑음

나는 지우가 참 부럽다. 방학 때마다 삼척 할머니댁에 갈 수 있으니까.
바다에서 게도 잡고 모래 장난도 하고 할머니가 해 주시는 부침개도 먹을 수 있어서
부럽다. 우리 할아버지, 할머니는 바로 옆동에 사신다.
용돈도 주시고 맛있는 것도 사 주시지만 강릉에 산다면 더 좋을 텐데.
-은수

은수가 부럽다

8월 16일 수요일 날씨 ☆맑음

나는 은수가 부럽다. 언제든 할아버지, 할머니를 볼 수 있으니까. 나는 할머니를 만
나려면 네 시간이나 차를 타고 가야 한다. 차를 오래 타면 속이 울렁거리고 기분이
좋지 않다. 그래도 할머니를 보기 위해 참고 견딘다.
-지우

공동 일기

공동 일기는 여러 명이 번갈아 가며 일기를 써 나가는 형태를 말합니다. 학급 일기는 교실에서 일어난 일이나 친구들과 나누고 싶은 이야기를 한 명씩 돌아가며 쓰는 것입니다. 학급 일기를 쓰면서 선생님과 아이들이 원활하게 소통할 수 있고 글쓰기 실력도 쌓을 수 있습니다. 부모와 같이 써 볼 수 있는 공동 일기는 가족 일기 형태입니다. 가족이 다 함께 공동 일기를 쓰면 가족애를 돈독히 할 수 있습니다. 가족 일기는 가족 구성원 각자의 마음을 헤아리게 하며 아이가 글쓰기 습관을 들이는데도 효과적입니다.

PROJECT ──────────────────── 가족 공동 일기

※ 가족의 행사에 참여한 후 부모, 자녀가 공동으로 일기를 써 봅니다.

준수 가족의 공동 일기

유짱

8월 8일 화요일 날씨 ☆맑음

우리 학교와 자매학교인 일본 학교의 축구단을 만났다. 선수들은 우리 학교 축구단원들의 집에서 머물게 되었는데 우리 집에도 한 명이 오기로 했다. 누구일까 궁금했는데 드디어 만나게 되었다. 일본 친구의 이름은 유키인데 유짱이라 부르라고 했다. 유짱은 나를 준짱이라 불렀다. 친구끼리는 그렇게 부른다고 했다. 그림을 그리거나 흉내를 내며 대화하는데 서로 대화가 통하는게 신기했다.

-준수

장난꾸러기 유키

8월 9일 수요일 날씨 ☆맑음

일본 학생인 유키가 우리 집에 지내면 불편하지 않을까 걱정했는데 생각보다 성격이 밝고 음식도 잘 먹어서 좋았다. 까불고 장난치는 모습이 너무 귀엽다. 내년에 준수도 일본에 가게 되면 잘 적응하고 좋은 시간을 보내면 좋겠다.

-엄마

준수와 유키

8월 10일 목요일 날씨 ☆맑음

호수공원에서 자전거를 빌려 준수, 유키와 함께 자전거를 타고 달렸다. 유키가 오기 전에는 언어문제가 클 것이라고 생각했는데 막상 만나고 보니 언어가 달라도 마음이 통하면 걱정할 것이 없다는 것을 알게 되었다. 유키는 우리 가족에서 새로운 경험을 하게 해 주었다. 유키가 우리 집에서 편하게 잘 지내다가 가기를 바란다.

-아빠

특별한 날, 롤 페이퍼 형식의 일기를 쓰는 것도 좋습니다. 결혼식, 환갑이나 칠순 잔치, 장례식 등 가족과 이웃의 행사에 롤 페이퍼를 만들어 기억하고 싶은 일, 해 주고 싶은 말을 기록합니다. 아이에게는 새로운 경험이 되고 주위 사람들의 마음도 따뜻하게 해 줄 것입니다.

PROJECT ────────────────── **할머니의 생신을 위한 롤 페이퍼 일기**

※ 준비물: 나무젓가락 한 벌, 8절 도화지 1장, 가위, 접착제, 크레파스 또는 물감, 사인펜, 젓가락을 반으로 갈라 줍니다.

1. 도화지를 젓가락 길이보다 2cm 짧게 오립니다.

2. 도화지에 엄마, 아빠, 나, 언니가 할머니께 편지를 씁니다.

3. 그림을 그리거나 종이를 붙여서 꾸며줍니다.

4. 젓가락에 접착제를 바르고 종이를 붙인 다음 돌돌 말아줍니다.

할머니 생신

○월 ○일 ○요일 날씨 ☆

어머니!

'우리 아들을 믿는다'는 한마디가 언제나 큰 힘이 되었습니다.

어머니, 사랑합니다. 항상 건강하세요.

-큰아들 형석 올림-

어머니!

어머니께서 저를 '우리 아가'라고 불러 주시는 게 정말 좋아요.

아이들을 낳았을 때도 직접 산후바라지를 해 주시고

제 생일도 꼭꼭 챙겨주셔서 감사합니다.

어머니, 사랑합니다. 오래오래 건강하세요.

-큰며느리 은주 올림-

할머니!

얼마 전 할머니께서 다치셨을 때

우리 모두 엄청 걱정했어요.

항상 조심하시고 절대 아프지 마세요.

할머니, 사랑해요. ♡

-손녀 정은 올림-

할머니, 예은이예요.

세상에서 우리 할머니가 제일 예쁘고 좋아요.

그리고 할머니가 해 준 만두가 제일 맛있어요.

매일매일 먹으면 좋겠어요.

생신 축하드려요.

할머니, 사랑해요. ♡

-예은 올림-

자기소개 일기

자기소개 일기는 다른 사람들에게 자신을 알리는 목적을 지닙니다. 자기소개 일기가 발전하면 자기소개서를 쓸 수 있습니다. 아이의 정체성과 관련된 것이기 때문에 아이 스스로 자신이 좋아하는 것과 하고 싶은 것에 대해 인지할 수 있도록 질문을 던집니다.

자기소개 일기를 위한 질문

1. 이름과 학교, 학년, 반은?

2. 가족에 대해 말해 보세요.

3. 가장 행복했던 때는 언제입니까?

4. 가장 힘들었던 때속상했을 때는 언제입니까?

5. 그 때 어떻게 했나요?

6. 가장 좋아하는 것은 무엇입니까?

7. 가장 잘 하는 것은 무엇입니까?

8. 하기 힘든 일은 무엇입니까?

9. 나중에 어떤 사람이 되고 싶나요?

추가질문: 좋아하는 사람또는 존경하는 사람은 누구인가요?

그 이유는 무엇인가요?

※ 이름과 소속: 김민서, ○○초등학교 1학년 ○반

※ 가족: 엄마, 아빠, 나, 남동생

※ 가장 행복했던 때: 동생이 태어났을 때

※ 가장 힘들었던 때: 열이 많이 나고 아파서 병원에 입원했을 때

※ 그때 어떤 생각이 들었나: 아픈 건 힘들고 좋지 않다.

※ 좋아하는 것: 스케이트 타기

※ 잘 하는 것: 스케이트

※ 잘 못하는 것: 스케이트에서 그냥 도는 것은 잘 하는데 점프하고 도는 것은 어렵다.

※ 되고 싶은 사람: 피겨 스케이트 선수

김민서를 소개합니다

○월 ○일 ○요일 날씨 ☆

저는 ○○초등학교 1학년 ○반 김민서입니다.

엄마, 아빠, 그리고 한 살인 남동생 준서랑 함께 살고 있어요.

동생이 태어났을 때 손가락이랑 발가락이 너무 작고 귀여웠어요.

인형같은 동생을 보니까 기뻐서 눈물이 나왔어요.

얼마 전 열이 너무 많이 나고 아파서 병원에 입원한 적이 있는데

아픈 건 힘들고 좋지 않다고 생각해요.

음식을 골고루 먹고 운동도 많이 해서 튼튼해져야겠어요.

제가 제일 좋아하고 잘하는 것은 스케이트입니다.

하지만 점프를 한 다음 도는 것이 어려워요.

더 열심히 연습해서 멋진 피겨 스케이트 선수가 되고 싶어요.

❋ 이름: 서준형

❋ 가족: 외할머니, 엄마, 아빠, 나, 여동생 예림

❋ 가장 행복했던 때: 아빠가 게임기를 사 주셨을 때

❋ 가장 힘들었던 때: 예림이랑 장난치다 예림이가 팔을 다쳤을 때

❋ 그 때 어떻게 했나: 속상하고 미안했다.

❋ 가장 좋아 하는 것: 축구, 게임

❋ 가장 잘 하는 것: 웃기는 것

❋ 하기 힘든 일: 게임 시간 지키는 것

❋ 되고 싶은 사람: 축구 선수

서준형의 자기 소개

○월 ○일 ○요일 날씨 ☆

저는 ○○초등학교 1학년 ○반 서준형입니다.

외할머니, 엄마, 아빠 그리고 동생 예림이랑 살고 있어요.

아빠가 생일에 게임기를 사주셨을 때 정말 기뻤어요.

그런데 게임 시간을 지키는게 힘들어요.

재미있어서 끝도 없이 게임을 하고 싶거든요.

지금까지 제일 속상했던 때는 장난치다 예림이 팔을 다치게 한 거예요.

일부러 그런 게 아니었는데 예림이가 한참 동안 석고붕대를 했어요.

언제나 조심하고 동생을 잘 돌봐야겠다고 생각했어요.

저는 축구를 좋아하고 사람들을 웃기기를 잘해요.

이담에 멋진 축구 선수가 되고 싶어요.

🌱 현장체험 보고서

　　　　　　　　　현장체험은 학교 밖에서 아이들이 직접 보고 듣고 겪으면서 배움을 얻는 활동입니다. 하루하루 아이들이 꾸려나가는 일상 역시 체험으로 가득 차 있지만 현장체험이라고 하면 일상에서 얻기 힘든 경험을 하는 것을 의미합니다. 시장에서 물건을 사며 소비자의 역할을 체험하거나 방송국을 견학하며 카메라 앞에 서 보는 것, 농장에서 딸기를 따는 것 등 다양한 활동을 하며 아이들은 세상을 배우고 자신의 꿈을 향해 나아갑니다.

　　현장체험을 하기 위해서는 먼저 어떤 종류의 체험을 할지 선택합니다. 예술, 문학, 역사, 식·음료, 과학, 경제/경영, 농업, 미디어, 자연, 환경, 스포츠 등 분야를 분류한 다음 관련 정보를 모으고 날짜를 정해 현장체험을 실행합니다. 휴일과 개장 시간, 이벤트 등을 확인해 계획을 세우면 헛걸음 치지도 않고 아이가 골고루 경험해 볼 수 있습니다.

※ 예술: 도자기, 민화, 캘리그래피, 공예, 염색, 조각, 만들기, 디자인관, 전시장, 화랑,

　　　 미술관, 조각 공원, 공연

※ 문학: 문학관, 시인의 언덕, 시인이나 소설가의 생가, 문학 교실, 도서관, 동화교실

※ 역사: 역사박물관, 왕릉, 사찰, 선사박물관, 유적지, 독립기념관, 민속마을

※ 식·음료: 요리교실, 식·음료 공장, 음식 박물관, 식·음료 엑스포

※ 과학: 과학관, 체험관, 로봇만들기 교실, 과학실험 교실

※ 경제 / 경영: 시장, 슈퍼, 백화점, 은행, 기업홍보관, 기업체 견학, 공장 견학

※ 농업: 농장, 시골집, 과수원, 비닐하우스

※ 자연: 캠핑장, 갯벌, 정원, 식물원, 호수, 바다, 산, 환경박물관

※ 미디어: 신문사, 라디오방송국, TV, 영화촬영장, 드라마센터, 미디어센터,

　　　 기자 / 아나운서교실, 극장

※ 스포츠: 스키, 스케이트, 스포츠센터, 경기 관람

현장체험 보고서는 학교 수업 대신 가족여행이나 친척집 방문, 견학 등의 활동을 하고
난 뒤 간략하게 내용을 적어서 제출하는 것입니다. 육하 원칙에 따라 내용을 기록하고
사진이나 공연티켓과 같은 증빙 자료를 붙이면 됩니다.

○○초등학교 현장체험학습 보고서	
성명	학년 반
기간	
학습형태	**가족여행 / 친·인척 방문 / 경조사 참석 / 견학 / 체험 / 기타**
제목	**가족 스키 여행**
날짜	○월 ○일 ○요일

엄마, 아빠, 형, 나 다 같이 강원도 휘닉스파크 스키장에 갔다. 형은 스키를 잘 타는데 나는 겁이 나서 썰매를 탔다. 엄마랑 같이 타니까 재미있었다. 다음에는 나도 용기를 내어 스키를 배워야겠다.

날짜	○월 ○일 ○요일

허브공원에 가서 작은 화분을 사고 비누 만들기 체험도 했다. 내가 만든 비누는 엄마 아빠를 드렸다. 엄마는 향기가 정말 좋다며 기뻐하셨다. 나는 형이 만든 비누를 같이 쓰기로 했다.

일기를 잘 쓰는 비법

일기를 잘 쓰는 비법은 일기 쓰는 것을 좋아하는 데 있습니다. 그러려면 일기 쓰기가 부담이 되지 않고 쉽게 느껴져야 합니다. 무엇을 쓸까 아이가 막막하지 않도록 부모가 질문을 던지고 대화하며 아이 스스로 글감을 찾아내 글을 이어갈 수 있도록 도와줍니다.

PROJECT ━━━━━━━━━━━━━━━ **일기를 잘 쓰는 비법**

1. 기억나는 한 가지를 씁니다.

2. '무엇을 했나, 어떻게 했나, 어떤 생각이 들었나'에 대해 답을 하며 씁니다.

3. 똑같은 것을 새롭게 보고 씁니다.

4. 새로운 경험에 대해 씁니다.

5. 다양한 방식으로 씁니다.

6. 일기를 쓰고 나서 읽어봅니다.

일기를 재미있게 쓰기 위해서는 생각하고 느낀 그 순간 쓰는 것이 좋습니다. 자기 전에 의무감으로 쓰거나 반성이나 교훈, 배움을 강요해서는 안됩니다. 무거운 일기가 아니라 가볍고 신나는 일기를 쓰려면 에너지가 넘치는 낮 동안에 쓰는 것이 좋습니다. 굳이 특별한 사건이 아니더라도 일상에서 벌어지는 일, 만나는 사람들에 대해 관심을 갖고 써 보도록 합니다. 아이가 한글을 안다면 굳이 그림일기부터 시작하거나 길게 쓸 필요는 없습니다. 그림일기는 시간이 많이 걸리며 그림 위주라 아이디어를 내는 데 도움을 줄 수 있지만 글쓰기와는 무관합니다. 맞춤법이나 띄어쓰기에 구애 받지 않고 자유롭게 보고 듣고 생각하고 느낀 것을 쓰도록 합니다.

| PROJECT | 일기를 쓰는 순서 |

1. 날짜와 날씨를 적습니다.

2. '무엇을 했나?'라고 질문하며 글감글을 쓸 거리을 떠올립니다.

3. 글감을 중심으로 제목을 붙입니다.

4. '무엇을 했나? 어떻게 했나? 어떤 생각느낌이 들었나?'의 3단계에 따라 문장을 씁니다.

5. 읽어보고 어색한 부분을 고칩니다. 이 부분은 생략해도 됩니다

6. 완성.

놀 면 서
가 르 치 는
우 리 아 이
글 쓰 기
일 기
독 서 록

독서록 쓰기

We never know how high we are
till we are called to rise

책에서 배우는 삶의 지혜

어렸을 때부터 좋은 습관을 길러야 하는 이유는 아이가 자라 인생을 살아갈 때 이것이 소중한 자산이 되기 때문입니다. 습관은 아이를 움직이게 만들고 이러한 행동은 운명을 바꾸어 놓을 수도 있습니다. 우리는 독서가 중요하다는 말을 수도 없이 들어왔지만 정작 왜 중요한지에 대해서는 깊이 생각해 보지 않았습니다. 독서를 통해 아이들은 새로운 것을 배우고, 아는 것을 다시 보게 되며, 생각의 깊이를 더하게 됩니다. 어린 시절, 우리를 달뜨게 만들고 잠을 이루지 못할 정도로 설레게 했던 이야기와 만났던 적이 있습니까? 그 이야기가 담긴 책을 꼭 안고 잠이 들었던 기억이 있습니까?

책은 미지의 세계를 탐험하게 하며 용기를 갖게 하고 꿈을 키워 줍니다. 자신이 읽은 책에서 배운 내용을 기록하고 이것을 다른 사람들과 나누면서 아이들은 올바른 가치관을 배우게 됩니다. 아이는 책을 읽으며 삶과 죽음, 행복과 불행, 희망과 절망의 의미를 깨닫게 됩니다. 조선 중기를 대표하는 사상가이자 문장가로 '홍길동전'을 쓴 허균은 독서가 사람의 타고난 기질과 성품뿐 아니라 정신과 지혜를 닦고 기를 수 있게 해 준다며 독서의 중요성을 강조했습니다.

독서록은 자신에게 영향을 준 특별한 책에 대한 기록입니다. 언제, 어떤 상황에서, 어떤 책을 읽었는지, 어떤 사람이 그 책을 썼는지, 그 책에서 가장 기억에 남는 내용은 무엇인지, 그 책을 읽고 무슨 생각을 했는지 등에 대해 적는 것입니다. 끝없는 배움과 깨우침이 필요한 우리 인간에게 독서록은 성장을 위한 디딤판이 되어 줍니다. 책에서 받는 감동의 반향은 아이들의 마음을 움직이고 아이들을 변화시킬 수 있습니다. 독후감은 그 어떤 공부 못지않게 아이들의 삶에 영향을 주는 활동입니다. 따라서 적극적으로 책을 읽고 그 느낌을 적는 재미를 깨달아야 합니다.

때로 독후감은 그 자체로 누군가에 대한 길라잡이가 되고 책으로 탄생하기도 합니다. 좋은 책을 추천해 주는 사람은 삶의 멘토가 되기에 충분합니다. 인간은 미완의 존재이며 유한한 삶을 살아갑니다. 완성을 추구하지만 모든 것을 다 경험할 수는 없기에 앞서 경험하고 사색한 사람들이 남긴 책은 우리를 성장시키며 완성시킬 수 있습니다.

독서는 아이들의 창의성을 증진하는
데 효과가 있다는 것이 여러 학자들의 연구에서 증명되고 있습니다. 책읽
기를 좋아하고 호기심을 채우려는 아이들은 창의성이 높다고 합니다. 독
서활동이 활발한 초등학생들은 자발적이며 호기심이 많습니다. 독서를 많
이 할수록 사고와 논리력은 발달하고 어휘력도 풍부해집니다. 독서는 몸
과 마음을 편안하게 해 주는 효과도 있습니다.

영국 서섹스대학교University of Sussex 인지신경심리학과 데이비드 루이스 박
사Dr. David Lewis팀의 연구결과에 따르면 독서는 스트레스 해소에도 효과적입
니다. 스트레스는 만병의 근원입니다. 스트레스를 받게 되면 불안해지고
심해지면 우울증으로 발전합니다. 뿐만 아니라 스트레스는 두통이나 과
민성 대장증후군, 고혈압과 같은 질환의 원인이 되기도 합니다. 스트레스
가 지속되면 면역력이 떨어져 중대 질병이 생길 위험이 높아집니다. 루이
스 박사팀은 어떻게 하면 스트레스를 줄일 수 있는지 여러 가지 실험을 했
습니다. 그 결과 책을 6분 정도 읽을 때 스트레스가 68% 줄었고, 심박수가
낮아지며 근육 긴장이 풀어지는 것으로 나타났습니다. 음악 감상은 61%,
커피 마시기는 54%, 산책은 42% 스트레스를 줄여 주었습니다. 비디오 게
임은 스트레스를 21% 줄였지만, 심박수는 높였습니다. 아무 책이나 들고
상상의 세계에 빠져들어 걱정과 불안을 떨쳐 버리는 것이 우리 정신 건강
에 좋다는 뜻입니다. 책을 읽으면 스트레스도 날려 보낼 수 있고 건강도
챙길 수 있습니다.

독서가 힘이다

　　　　　　　　　　이웃 나라인 일본은 경제를 발전시키
는데 앞서 독서를 최우선 과제로 선정했습니다. 마을 곳곳에 도서관을 세
우고 독서를 장려해 성과를 보았지만 2000년대에 들어서면서 국민들의 독
서량은 줄어들었고 일본 출판계는 불황의 늪에 빠지게 되었습니다. 이때
국회의원 286명이 정치적 이해관계를 떠나 '활자문화의원연맹'을 결성했
습니다. 이들은 책 읽는 분위기를 조성하고 이를 체계적으로 추진하기 위
해 2005년 '문자·활자문화 진흥법'을 제정했습니다. '출판대국'으로 불리
는 일본의 저력은 곳곳에서 빛을 발하고 있습니다. 특히 일본에 노벨상 수
상자가 많은 것은 어렸을 때부터 책을 읽는 문화에 익숙해진 덕분이라고
알려져 있습니다. 1949년 일본인 최초의 노벨상 수상자인 물리학자 유카
와 히데키나 2008년 노벨 물리학상 수상자인 고바야시 마코토와 같은 학
자들은 다독가로 유명합니다. 2015년 노벨 생리의학상 수상자인 유기화학
자 오무라 사토시는 20년 동안 책을 읽으며 감명을 받거나 눈에 띄는 부
분을 일기장에 꼼꼼하게 기록해 왔습니다. 독서를 통해 다양한 분야의 폭
넓은 시각을 갖추는 것이 발명과 발견, 창조의 원동력이 되었던 것입니다.
　　OECD가 24개국 성인 16~65세 166,000명을 대상으로 조사를 벌여
2013년 발표한 국제성인역량조사PIAAC: Programme for the International Assessment of
Adult Competencies에 따르면 일본은 언어능력, 수리능력, 컴퓨터 기반 문제 해
결 능력에서 모두 1위를 차지하고 있습니다. 이는 일본인의 폭넓은 독서습
관에서 비롯되었다는 해석이 지배적입니다.
　　우리나라도 2006년부터 '독서문화진흥법'을 만들어 다양한 사업을 추진

하고 있습니다. 동네 도서관에서 운영하는 프로그램을 잘 활용하면 여러 가지 흥미 있는 방법으로 책을 접하고 책에 관한 이야기를 나눌 수 있습니다.

빌 게이츠는 자신을 만든 것은 마을의 작은 도서관이라며 대학 졸업장보다 책을 읽는 습관이 더 중요하다고 했습니다. 책을 읽으면서 우리는 새로운 것과 만나고 생각하는 시간을 갖게 됩니다. 이 모든 것은 어린 시절, 자연스럽게 책과 접하고 기록하는 작은 습관에서 비롯됩니다. 도서관을 중심으로 책을 읽는 습관을 들이고 책 읽는 문화가 형성된다면 아이들이 만나게 될 미래의 삶은 훨씬 풍성해 질 것입니다.

책을 읽지 않는 사람들

프랑스 사람들은 하루 평균 1시간 50분 가량 책을 읽는다고 합니다. 여름 바캉스에서도 손에서 책을 놓지 않기에 휴가 기간 책 세 권 정도는 거뜬히 읽어 냅니다. 프랑스인들의 책에 대한 열정은 어디서나 찾아 볼 수 있습니다. 그 중 애서가들의 성지와도 같은 곳이 바로 몽톨리유Montolieu입니다. 프랑스의 남쪽에 위치한 랑그독 루시옹 지역에 자리 잡은 인구 800명의 작은 마을 몽톨리유에는 매년 5만 명이 넘는 사람들이 찾아옵니다. 미셸 브레방이 시작한 작은 책방 운동으로 이 마을에는 17개의 서점이 문을 열었고, 아틀리에와 박물관이 세워졌습니다. 작고 평화로우며 책을 사랑하는 사람들이 살고 있는 곳, 생각만 해도 마음이 벅차 오릅니다.

우리는 일주일, 혹은 한 달, 아니 일 년에 몇 권의 책을 읽고 있을까요? 통계청에 따르면 우리나라의 청소년은 일 년에 15권 정도의 책을 읽지만 연령대가 높아질수록 점점 책을 멀리하고 있습니다. 20대는 14권, 30대는 13권, 40대는 9권~10권, 50대는 6권, 60세는 약 3권이 안 되는 분량의 책을 읽고 있습니다. 시간으로 따져보면 우리나라 사람들이 하루에 책을 읽는 시간은 고작 6분에 불과합니다. 10분 이상 책을 읽는 사람은 10명 가운데 1명밖에 안 되는 실정입니다. 더욱 놀라운 것은 어른 3명 중 1명은 전혀 책을 읽지 않는다는 사실입니다. 반면 스마트폰을 이용하는 시간은 하루에 3시간이나 됩니다. 스마트폰으로 영상을 보고 게임을 하거나 채팅 하는데 많은 시간을 할애하면서도 정작 하루 10분도 책 읽을 시간이 없다며 변명 아닌 변명을 하고 있는 실정입니다.

소설가 한강이 맨부커상을 수상했을 때 일부에서는 책을 읽지도 사지도 않는데 이런 성과를 올리는 것이 대단하다고 자조적으로 말하기도 했습니다. 작가들은 책도 안 읽는 나라에서 노벨문학상을 기대하는 것은 어불성설이라며 자책하기도 합니다.

독서는 자연스러운 활동이라고 할 수는 없습니다. 밥을 먹거나 물을 마시듯 그냥 할 수 있는 것은 아닙니다. 운동이 그렇듯 독서 역시 의도적이고 의식적으로 해야 하는 활동입니다. 자신의 의지에 따라 책을 고르고 들고 앉아서 읽어야 가능합니다. 아이들이 책의 필요성과 재미를 알 때 비로소 독서는 습관이 되고 자연스러워집니다.

한 권의 책은 하나의 세계라고 했습니다. 책 한 권을 읽으면 내가 모르는 또 다른 세계를 알 수 있다는 뜻입니다. 책 읽는 아이, 책을 읽고 느끼며 생각하는 아이로 만들기 위해서는 부모도 같이 책을 읽어야 합니다. '책 읽어'가 아니라 '책 읽자'라고 말하는 부모 밑에서 자란 아이라면 분명 책을 좋아하고 사려 깊은 사람으로 성장해 갈 것입니다.

책과 기억

4월 23일은 책의 날입니다. 책의 날은 어떻게 정해진 걸까요? 같은 시대에 살았던 윌리엄 셰익스피어와 미겔 데 세르반테스는 공교롭게도 같은 날인 1616년 4월 23일 세상을 떠났습니다. 유네스코는 세계적인 대문호인 이들을 기리는 의미에서 이 날을 책의 날로 제정했습니다.

셰익스피어와 세르반테스는 기발한 아이디어로 사람들의 마음을 흔드는 글을 썼습니다. 그들의 작품은 지금까지도 많은 작가와 예술가들에게 영감을 주는 원천이 되고 있습니다.

인간은 자신의 흔적을 남기고 이야기를 전해 주고 싶은 본능을 지녔습니다. 아주 오래전부터 인간은 스스로를 기억하고 기억되기를 바라는 마음에서 무언가를 남겨 놓으려고 애를 썼습니다.

아르헨티나에는 '쿠에바 데 라스 마노스Cueva de las Manos, Rio Pinturas: 손의 동굴'라고 불리는 유물이 남아 있습니다. 선사시대 사람들이 손의 모양을 찍어 동굴에 자국을 남겨 놓은 것입니다. 아마도 초기 책이라고 할 수 있는 이러한 기록은 동굴 벽이나 짐승의 뼈, 진흙판, 돌덩이 등에 남겨져 있습니다. 손바닥 도장, 발자국, 사냥, 탄생과 죽음, 성인식을 남겨 놓은 원시인들의 마음이나 오늘날 책을 쓰고 읽는 사람들의 공통점은 인간의 유한성에 대한 깨달음일 것입니다. 책은 인간이 세상에 남기고 가는 흔적이자 기억입니다.

파피루스와 양피지

본격적으로 책이 등장하게 된 것은 기원전 2900년 이집트인이 파피루스를 사용하게 되면서부터 입니다. 파피루스는 나일강 삼각주에서 흔히 자라는 사초의 일종입니다. 실용성과 비용면에서 인기를 얻은 파피루스는 기록을 위한 도구로 널리 알려졌습니다. 특히 기후가 건조했던 이집트에서 파피루스는 보관에 유리하였고, 이집트인들은 법률, 의료, 수학, 천문학, 장례 등 다양한 지식과 의식을 기록하기 위해 파피루스를 사용했습니다. 주로 두루마리 형태의 파피루스에 남겨진 이집트인의 지식과 의례는 지금까지도 전해져 오고 있습니다. 그 중에서도 기원전 1275년 파피루스 두루마리에 상형체 흘림문자로 남겨진 아니Ani의 '사자의 서死者의 書: Book of the Dead'는 이집트인의 삶과 죽음에 관한 관념과 철학을 보여 주는 귀중한 자료입니다.

'사자의 서'에는 사람이 세상을 떠난 다음 가게 되는 사후 법정에서 재판이 열리는 광경이 담겨 있습니다. 사후에 망자들은 법정에 서게 되는데 이때 재판장은 저울에 망자의 심장을 올려 놓고 새의 깃털과 무게를 비교합니다. 만약 생전에 망자가 선한 삶을 살았다면 그의 심장은 새의 깃털보다 가벼워 영원한 생명을 얻게 되지만 그렇지 못할 경우 무서운 괴물에게 잡아 먹히게 됩니다. 이집트인들은 사후에 영원한 삶을 얻는지 여부는 이승에서 얼마나 훌륭한 삶을 살았는지에 달려있다고 보았습니다. 이처럼 책에는 선과 악, 생과 사에 대한 인간의 생각이 고스란히 담겨 있습니다.

양피지는 현재 터키에 해당하는 페르가뭄이라는 곳에서 사용되기 시작한 것으로 알려져 있습니다. 기록에 따르면 이집트에서 파피루스의 수출을

독서록 쓰기

금지하면서 페르가뭄의 양피지 기술이 발전했다고 합니다. 가죽은 기원전 2000년경부터 사용되기 시작했습니다. 초창기에는 짐승의 가죽을 햇볕에 말려 기록용으로 사용했는데 표면이 거칠어서 한쪽 면만 사용해야 했습니다. 양피지는 짐승의 가죽을 깨끗이 씻은 다음 털을 깎아 만든 것으로 표면이 훨씬 부드럽고 양쪽 모두 기록이 가능했습니다. 두루마리 형태의 파피루스와는 달리 양피지는 옆면을 꿰어 사용했기 때문에 지금의 책의 형태에 가까웠습니다. 양피지는 글을 쓰기 쉬웠고 보관이 간편 했을 뿐 아니라 외형상으로 보기에도 고급스러웠습니다. 에티오피아의 가리마 수도원에서 발견된 가리마 복음서Garima Gospels는 삽화가 들어간 가장 오래된 성경입니다. 이 책은 양피지를 소재로 했기 때문에 무려 1,600년이라는 시간의 무게에도 불구하고 그 내용을 거의 온전하게 간직할 수 있었습니다.

이처럼 직접 손으로 써서 기록하고 보존하는 책을 만들 수 있는 파피루스와 양피지의 발명으로 사람들은 조상에게서 물려받은 지식과 지혜에 자신들의 경험과 생각을 더해 후손에게 전할 수 있게 되었습니다.

　　우리 조상들이 남긴 '직지심체요절'은 세계 최초의 금속활자로 인정받았다는 점에서 의의가 있지만, 광범위하게 사용되지 못하였다는 점에서 한계를 보입니다. 서양에서는 15세기 독일의 구텐베르크가 활판 인쇄술을 처음 발명했는데 그는 포도압착기에서 아이디어를 얻었습니다. 구텐베르크의 발명은 기술적 혁신을 넘어 인간의 사고와 생활 양식에까지 영향을 미친 대단한 사건이었습니다. 미디어 이론가인 맥루한Marshall McLuhan은 미디어의 중요성을 주장하면서 '구텐베르크 은하계'라는 개념을 만들었습니다. 구텐베르크의 인쇄술이 미디어의 지각변동을 가져온 중요한 계기라고 본 것입니다. 정보와 매체의 대폭발을 불러일으킨 인쇄술의 발명은 미디어 생태계에 엄청난 영향을 미쳤습니다. 이는 혁명이라고 부를 정도로 미디어 분야는 물론 세계사적으로도 중대한 영향을 준 혁신적인 대사건이었습니다. 금속활자와 인쇄기에 이어 새로운 잉크와 압력에 잘 견디는 종이도 개발되어 책의 대량생산을 위한 조건이 충족되었습니다.

　　구텐베르크가 처음 출판한 책은 '도나투스Donatus'라고 하는 라틴어 문법서였습니다. 1455년 완성된 이 책은 '구텐베르크 성서' 혹은 '42줄 성서'로 알려져 있는데 한 페이지에 42줄씩 라틴어 성서를 인쇄한 것입니다.

　　구텐베르크 이전에는 2개월에 겨우 1권 정도 필사가 가능했기 때문에 책은 소수의 사람들만이 소유할 수 있었습니다. 책을 소유한다는 것은 곧 인간의 지식을 전수받는다는 것을 의미하였으며 따라서 그것 자체가 특권이었습니다. 지적 욕구가 강하지만 권력이나 재력이 없는 사람들은 친분을 이용해 어떻게 해서든 지식에 접근하고 싶어 했습니다. 그러나 대부분의 사람들은 조상의 지혜와 역사, 철학을 알지 못한 채 살아가야 했습니다. 구텐베르크의 인쇄술이 발명되면서 일주일에 무려 5백 권이 넘는 책이 출판되었습니다. 시간이 지나면서 셀 수 없이 많은 책들이 출판되었고 사람들은 책을 통해 지적 능력을 신장시키고 지혜를 배우게 되었습니다. 바야흐로 책이 지식과 정보 확산의 주역이 된 것입니다. 인쇄술의 발명 덕분에 왕족과 귀족, 교회, 학자 등 일부 계층들만 향유할 수 있었던 '지식'이라는 자산을 많은 사람들이 공유하게 되었습니다.

책은 당연하다고 여기는 것에 질문을 던지고 발전과 혁신을 안겨다 주는 원동력입니다. 구텐베르크의 발명이 없었다면 르네상스나 종교개혁, 과학혁명도 일어나지 않았을지도 모릅니다.

중국에서는 거북의 등딱지나 대나무
띠, 비단, 닥나무 속껍질 등을 이용해 기록을 시작했습니다. 인도에서는 야
자 잎을 말려 직사각형으로 만든 다음 그 위에 칼로 글이나 그림을 새겨
사용했습니다. 종이는 서기 105년경 중국에서 채륜이 발명한 것으로 알려
져 있습니다. 종이를 제작하는 기술은 7세기경 한국과 일본 등 아시아 지
역으로 퍼져 나갔습니다. 우리나라에서는 8세기 통일 신라 시대에 세계 최
초의 목판 인쇄물인 '무구정광대다라니경'을 제작했습니다. 현존하는 세계
최초의 금속활자 인쇄본은 1377년에 간행된 '직지심체요절'입니다. 한국에
체류하던 프랑스 외교관이 구입해 프랑스 국립도서관에 보전되었던 것이
한국학자에 의해 재발견되어 빛을 보게 되었습니다.

구텐베르크보다 훨씬 앞서 우리나라가 조선시대에 세계 최초로 금속활
자를 발명했지만 안타깝게도 이는 소수의 사용에 그쳤습니다. 조선 시대
에는 책의 사용과 유통을 철저히 관리하고 통제했기 때문에 일반 백성들
은 지식을 접할 기회를 갖지 못했습니다. 당시 교서관이라는 관청에서 책
의 제작과 인쇄, 교정, 출판을 관리하였으며, 오늘날 국가 도서관에 해당하
는 홍문관은 궁중에서 보유하는 책을 관리하는 역할을 담당했습니다. 그
러나 이곳에는 소수의 허가 받은 사람들만이 출입할 수 있었습니다. 지식
은 왕족과 고위관료들의 전유물이었고 일반 백성들은 지식에 대한 접근이
차단된 채 지배계급의 통제를 받으며 살았습니다. 이처럼 출판의 주도권
을 쥐고 지식을 통제하는 것 자체가 무소불위의 권력을 의미한다는 것을
알 수 있습니다.

책을 읽는다는 것은 곧 지식을 얻고 생각하는 능력을 갖는 것을 의미합니다. 조선시대에 책의 유통을 제한하고 지식을 특권 계층에 한정한 것이 절대왕정의 유지에는 도움이 되었지만 백성의 삶의 질 향상과 발전에는 장애가 되었다는 것을 알 수 있습니다.

　　　　　　　　　　　책에는 우리가 살면서 보고 듣고 느낀 것들이 담겨 있습니다. 책을 읽으며 우리는 자연에서 일어나는 온갖 일들과 법칙, 우주의 섭리에 대해 알 수 있으며 조상들의 삶과 그들이 꿈꾸었던 세상이 어떠했는지를 엿볼 수 있습니다. 개인적으로 책은 자신을 뒤돌아보고 계획을 세우며 하루하루를 알차게 살아가게 하는 기능을 합니다. 사회적으로 책은 지식과 정보를 전해주고 정의와 진실을 일깨워 주며 사회에 참여하고 변화를 일으키는 원동력이 됩니다. 혼자서 책을 읽으며 사색에 잠기는 것도 좋고 여럿이서 책에 대해 토론을 하며 개인과 그룹의 성장을 이루는 것도 좋습니다. 책은 개인과 사회가 성장하고 발전하는 것을 도우며 새로운 세상으로 이끌어 줍니다.

　아이들이 책을 읽고 생각하는 힘을 기르며 글쓰기를 통해 정리하는 능력을 갖기 위해서는 부모의 역할이 중요합니다. 부모 역시 아이들과 같이 책을 읽고 대화하며 아이들의 성장을 도와야 합니다. 그러나 안타깝게도 우리는 책과 점점 멀어져 가고 있습니다. 특히 디지털 기기와 인터넷의 편리함은 관계의 소원과 단절을 가져왔고 사람들은 점점 자극적인 내용을 추구하며 모바일 콘텐츠에 빠져들고 있습니다.

　'2016년 청소년 통계자료'에 따르면 우리 아이들의 하루 평균 여가 시간은 약 4시간 30분입니다. 이 가운데 'TV 시청'이 1위이고 '컴퓨터, 게임, 인터넷 검색'이 2위를 차지합니다. 그런데 단순히 많이 보고 즐기는 수준을 넘어 '중독'의 경계에 있거나 중독 상태에 들어선 아이들이 많다는 것이 문제입니다. 초등학생 10명 중 1명은 인터넷 중독에 해당할 정도로 심각한 상황입니다.

월스트리저널WSJ의 보도에 따르면 한 여론조사 회사가 미성년 자녀를 둔 부모 350명을 조사해보니, 자녀 놀이 수단으로 가장 많이 쓰는 게 무엇이냐는 물음에 스마트폰 같은 모바일 기기라는 답이 65%로 가장 많았다고 합니다. 모바일 기기에 길들여진 아이들은 이제 장난감을 갖고 노는 것을 시시하다고 여깁니다. 세계적인 장난감 회사인 레고도 매출이 감소해 구조조정을 할 정도입니다.

특히 초등학생이 스마트폰에 중독되면 문제가 심각해집니다. 우울증이나 불안 증세를 보이거나 공격적인 행동을 할 가능성이 크기 때문입니다. 스마트폰과 가까워질수록 가족과 친구로부터 멀어지고 불행과 가까워지게 됩니다.

에릭 슈밋 구글 회장은 하루 한 시간만이라도 휴대폰과 컴퓨터를 끄고 사랑하는 이의 눈을 보며 대화하라고 조언합니다. 마이크로소프트사의 창업주 빌 게이츠는 자녀들이 열네 살이 될 때까지 휴대폰을 사주지 않았다고 합니다. 아이들과 부모 모두 행복해지려면 디지털 다이어트가 필요합니다. 밥 먹는 시간과 책을 읽는 시간, 놀이하는 시간, 휴식 시간만큼은 온전히 스마트폰에서 멀어질 수 있어야 합니다.

책을 읽기 위해서는 무엇보다 책을 좋아해야 합니다. 아이들이 책을 읽는 것을 힘들거나 지루한 일로 여기지 않고 마치 하나의 놀이처럼 인식할 때 독서의 효과는 커집니다.

학교에 들어가기 전이나 초등학교 저학년 아이들에게 책을 이용한 놀이를 하는 것은 책과 친숙 해지는데 도움이 됩니다. 다음은 책과 노는 방법입니다. 말 그대로 책을 장난감처럼 생각하도록 하는 놀이입니다.

1. 책으로 집이나 동굴 만들기

아이와 함께 책을 쌓아놓고 아이가 책으로 만든 집이나 동굴 안에 들어가 놀도록 합니다.

2. 책으로 가구 만들기

책을 쌓아 책더미로 책상과 의자를 만듭니다. 책으로 만든 상위에 쏟아지지 않는 간식을 놓고 책으로 만든 의자 위에 앉아 먹도록 합니다.

3. 책 장사

가짜 돈을 만들어 책을 팔고 사는 놀이를 합니다.

4. 책으로 게임하기

각자 책을 한 권씩 갖도록 합니다. 아무 페이지나 펴서 양쪽을 합쳐 사람이나 동물, 꽃의 수가 많은 사람이 이긴다든지 하는 규칙을 정합니다.

5. 가위바위보

각자 책을 열 권씩 나눠 가진 다음 가위바위보를 해서 이긴 사람에게 책을 한 권씩 주는 놀이입니다.

책 읽어주기

글자를 다 알아도 저학년들은 책을 읽어주면 더 좋아합니다. 부모가 들려주는 이야기를 듣게 되면 아이들은 주인공의 감정을 더 잘 이해하고 이야기에 몰입하며 상상의 세계에 빠져들게 됩니다. 정서적으로도 훨씬 풍부해지고 표현력도 좋아집니다.

부모가 책을 읽어주면서 등장인물에 따라 목소리를 바꾸면서 읽어주면 아이들은 책에 더욱 흥미를 갖게 되며 호기심도 커지게 됩니다. 무엇보다 책과 가까워지며 듣는 습관과 집중력을 기르고 성격도 좋아집니다.

부모와 책에 대해 대화하는 과정에서 아이는 언어 표현력과 사고력을 높일 수 있으며 부모와의 돈독한 유대를 통해 안정감을 갖게 됩니다. 요즘에는 자동으로 책을 읽어주는 프로그램도 있지만 기술에 의존하기보다 부모의 아날로그 감각을 활용해 아이의 마음을 움직이는 것이 감성적으로 훨씬 도움을 줄 것입니다.

책에는 작가가 창조한 인물들이 사는 신비의 세계가 펼쳐져 있습니다. 아이들은 상상의 나라에서 모험을 하고 문제를 해결해 나갑니다. 아날로그의 감성을 담은 책은 텔레비전이나 디지털 게임에서 얻는 것과는 전혀 다른 정서적인 경험을 안겨 줍니다. 텔레비전과 게임은 시각과 청각을 자극하여 아이들을 충동적이고 수동적으로 만들기 쉽습니다. 책은 오감을 자극합니다. 눈으로 보고 입으로 읽으며 귀로 듣고 손으로 만집니다. 또한 책의 냄새를 맡으며 책의 재미를 맛봅니다. 이때 책의 재미는 자극적이거나 일시적인 것이 아니라 생각하고 상상하며 빈 공간을 스스로 채워나가며 얻게 되는 것입니다. 텔레비전이나 게임은 빈틈없이 아이들을 공격해

콘텐츠 속으로 빠져들게 하는데 그 결과 아이들이 채워야 할 공간은 모두 점령당하게 됩니다. 그러나 오늘날 이러한 현상은 아이들에게만 한정되어 일어나는 것은 아닙니다. 어른들도 마찬가집니다. 실제로 텔레비전이나 스마트폰, 게임에 빠져 있는 부모도 적지 않습니다.

기술의 늪에 빠져 인간관계를 소홀히 하는 현상을 기술 간섭Technoference 이라고 합니다. 요즘 식당이나 카페에 가보면 같은 자리에 앉아 있지만 각자 휴대폰을 들여다보고 있는 장면을 어렵지 않게 목격할 수 있습니다. 아이들과 같은 공간에 있지만 자신만의 재미에 빠져 아이들을 소홀히 하는 부모도 있습니다. 아이들에게 디지털 기기를 던져주거나 공부를 하라고 으름장을 놓은 다음 부모가 스마트폰을 집어 드는 것입니다. 자녀와 함께 보내는 시간은 그리 길지 않으며 자녀의 성장에 가장 큰 영향을 미치는 사람은 바로 부모입니다. 특히 책을 매개로 자녀와 대화하고 자녀의 성장을 지켜보는 시간은 그 무엇과도 바꿀 수 없는 선물입니다.

미국의 교육컨설턴트인 짐 트렐리즈렐Jim Trelease는 아이들에게 책을 읽어주는 부모의 역할을 강조합니다. 그는 책을 술술 잘 읽는 아이라 할지라도 부모가 책을 읽어주라고 강조합니다. 아이가 이야기를 잘 듣는 습관을 들이고 이해력을 높이기 위해서는 책을 읽어주는 것이 좋습니다.

이북e-Book이나 태블릿을 이용해 책을 읽는 방법도 있지만 전문가들에 따르면 잠자리에서 전자기기를 사용하는 것이 아이들에게 좋지 않다고 합니다. 부모가 자녀에게 책을 읽어준다는 것은 서로의 호흡과 맥박을 느끼고 책장 넘기는 소리를 들으며 행복을 느끼는 것을 의미합니다.

괴테의 어머니는 어린 괴테의 침대 머리맡에서 책을 읽어주며 항상 클라이맥스 부분에서 멈추었습니다. 괴테는 나머지 부분을 스스로 구성하며 잠들기 전까지 상상의 날개를 펼칠 수 있었습니다. 아이가 자기 전에 귓전에서 속삭이듯 책을 읽어주는 부모의 목소리는 아이에게 가장 따뜻하고 부드러운 기억으로 남을 것입니다.

아직 글을 읽지 못하거나 글 읽기가 서투른 아이들에게 읽기를 강요할 필요는 없습니다. 독서의 즐거움을 배우고 성취감을 갖도록 하려면 글자가 적게 들어있는 책을 골라 읽게 하는 것도 좋습니다. 미국의 공립 유치원에서는 아이가 도서관에서 일주일에 두 세권 정도의 책을 고르게 한 다음 집에 가서 읽어오도록 합니다. 그림이 대부분을 차지하고 글씨는 한 페이지에 한 두 문장 정도에 불과하지만 부모의 도움을 받아 책을 읽은 아이들은 우쭐거리며 학교에 갑니다. 책을 읽은 아이들에게 선생님이 동그란 종이 고리를 주면 아이들은 그 고리를 이어 목걸이를 만듭니다. 목걸이가 길어질수록 아이들의 자부심은 커지고 책에 대한 애정도 깊어집니다.

PROJECT — **책 목걸이 만들기**

※ 아이에게 그림만 있거나 글씨가 적은 책을 골라서 보게 한 다음, 그 수만큼 연결해 책 목걸이를 만들어 걸어줍니다.

신문·잡지 구독

〰〰〰

　　　　　　　　　　아이들을 위한 독서신문이나 잡지를
구독하는 것도 좋습니다. 이때 아이의 이름으로 신문이나 잡지가 배달되
도록 합니다. 우편물에서 자신의 이름을 발견한 아이의 기쁨은 말할 수 없
이 클 것입니다. 신문과 잡지에는 책에 관한 정보가 담겨 있어 좋은 책을
선택하는데 도움이 됩니다. 그리고 퀴즈를 비롯해 책과 노는 방법을 배우
며 글쓰기 아이디어도 얻을 수 있습니다.
　　아이들이 어렸을 때부터 일주일에 한 권 이상 책을 읽는 습관을 들이면
목욕을 하거나 교회에 가는 것처럼 어른이 되어서도 당연한 일로 여기게
됩니다.

PROJECT　　　　　　　　　　　　　　　　　　　　　**신문·잡지 구독**

※ 어린이 잡지나 신문을 선택해 아이의 이름으로 구독을 신청합니다.

책 만들기

디지털은 모든 것을 저장하지만 그 모든 파일이 우리 머릿속에 남는 것은 아닙니다. 오래 기억되고 생각을 자라게 하는 법은 직접 이야기를 하는 것입니다. 책을 만드는 활동을 통해 아이들은 이야기를 짓고 서툰 글씨로 이야기를 쓰며 상상력으로 가득한 자신만의 세계를 만들게 됩니다. 서재에 들어찬 전집보다 아이와 함께 만든 책 한 권이 우리의 삶을 훨씬 풍부하게 해 줍니다. 책을 쓰거나 만드는 것에 대해 부담을 가질 필요는 없습니다. 종이접기 하듯 접어서 책을 만들고 그렇게 만든 책의 내부에 사진을 붙이거나 그림을 그려 꾸미는 것도 좋은 방법입니다. 책에 대해 무엇보다 쉽고 재미있는 방식으로 접근하는 것이 필요합니다.

──────────────────────────────────── **가족 여행기 만들기**

 ※ 준비물: 16절 색도화지 3장, 색테이프, 색연필, 사인펜

 1. 색도화지에 가족 여행을 했던 사진을 붙이고 여행과 관련된 이야기를 씁니다.

 2. 표지에 제목과 지은이의 이름을 쓴 다음 꾸며줍니다.

 3. 뒷장에 함께 만든 사람의 이름, 만든 날짜, 출판사우리가족 출판사, 행복한 출판사 등의
    이름을 적습니다.

 4. 색도화지를 앞장, 내용, 뒷장 순서대로 놓은 다음 중간에 색테이프를 붙여 이어줍니다.

──────────────────────────────────── **자서전 만들기**

 ※ 준비물: 8절 도화지 2장, 색종이 1장, 가위, 풀, 색연필, 사인펜, 펀치, 끈

 1. 도화지를 반으로 접은 다음 양쪽에 아기 때부터 지금까지의 사진을 붙이고 관련한
    이야기를 적습니다.

 2. 색종이에 자서전이라고 쓴 다음 가위로 오려 표지에 제목을 풀로 붙이고 원하는 대로
    꾸며줍니다.

 3. 뒷장에는 함께 만든 사람의 이름, 만든 날짜, 출판사우리가족 출판사, 행복한 출판사 등의
    이름을 적습니다.

 4. 가운데에 펀치로 구멍을 세 개 뚫어줍니다.

 5. 구멍에 끈을 넣어 리본을 만들어 묶어줍니다.

4계절 책 상자 만들기

※ 준비물: 정육면체 티슈 상자, 16절 색도화지, 색종이, 가위, 풀, 색테이프, 나무젓가락,
색연필, 사인펜

1. 상자의 각 면 크기에 맞춰 색도화지를 6개로 자릅니다.

2. 도화지에 봄, 여름, 가을, 겨울에 관한 글을 쓰고 그림을 그린 다음 상자의 각 면에
붙입니다.

3. 색종이로 꽃이나 새 등을 접은 다음 나무젓가락에 붙입니다.

4. 상자의 윗면에 구멍을 뚫어 꽃이나 새 등으로 장식합니다.

PROJECT **화장지 롤을 이용한 가족 소개 책 만들기**

※ 준비물: 다 쓴 화장지 롤 2개, 16절 도화지 2장, 풀, 가위, 스테이플러, 색테이프,
색연필, 사인펜

1. 화장지 롤을 눌러 납작하게 한 다음 양쪽을 자릅니다.

2. 화장지 롤 크기에 맞춰 도화지를 자릅니다.

3. 도화지에 엄마, 아빠, 나, 동생의 사진을 붙이고 소개하는 문구를 씁니다.

4. 도화지를 화장지 롤에 풀로 붙여 줍니다.

5. 스템플러로 끝부분을 찍은 다음 색테이프를 붙입니다.

6. 표지와 뒷장을 장식합니다.

다음 웹사이트들은 책을 만드는 방법을 알려줍니다. 종이접기나 몇 번의 가위질로 간단하게 책을 만들 수 있습니다. 그 밖에 핀터레스트^{Pinterst}나 블로그에도 책 만드는 방법을 알려주는 자료들이 많이 있으니 검색해서 아이와 함께 재미있는 방식으로 책을 만들어 봅니다.

https://www.youtube.com/watch?v=5ZuRhNu-i4A
https://www.youtube.com/watch?v=LAyUTHTBDxw
https://youtu.be/YX5jp1hqUG4
https://youtu.be/zW30a5mRT04
http://blog.susangaylord.com/search/label/Bookmaking%20Projects

　　　　　　　　책을 선택할 때 첫 번째 기준은 아이
의 눈높이에 맞춘다는 것입니다. 아이가 좋아하고 읽고 싶은 책을 고르는
것이 생각보다 쉽지는 않습니다. 부모의 시각이 우선시되고 심지어 욕심
이 앞설 수도 있기 때문입니다. 부모는 자녀에게 교훈을 주며 지식을 전달
해주는 명품 도서를 원합니다. 책을 통해 원대한 꿈을 키우고 정의를 배우
며 지혜롭게 살아가기를 바랍니다. 부모의 이러한 바람은 당연한 것입니
다. 그러나 처음부터 교훈을 내세우다 보면 아이가 책에 다가갈 기회를 놓
칠 수도 있습니다. 책을 읽어야 할 사람은 아이이기 때문에 부모의 기대는
잠시 뒤로 미루는 것이 좋습니다. 일단 아이가 책을 좋아하게 되면 아이는
점차 책이 주는 교훈을 받아들이게 될 것입니다. 좋은 내용이 담겨 있지만
아이가 흥미를 보이지 않는 책보다는 시시껄렁해 보여도 아이가 관심을
갖는 책을 선택해야 합니다.

　책을 읽고 글을 쓰는 것이 꼭 작가가 되기 위해서는 아닙니다. 생각하
는 법, 말하는 법, 바르게 살아가는 법을 배우기 위해 필요한 것입니다. 자
신에게 솔직하고 타인에게 더 가까이 다가가며 사회의 구성원이자 소중한
존재로 인식하는 법을 배우는 것입니다. 그리고 이러한 것들은 단번에 얻
어지는 것이 아니기에 조바심을 내기 보다는 서서히 평생을 거쳐 쌓아 나
가는 것이라고 생각하며 느긋한 태도를 가지는 것이 좋습니다. 자녀에 대
해 조급함이 생길 때마다 스스로를 되돌아 보면 답을 얻을 수 있습니다.
우리 자신도 미완성이고 불완전한 존재이면서 굳이 자녀에게 처음부터 과
한 욕심을 부려 힘들게 할 필요는 없습니다. 아이는 자신의 취향에 따라

책을 선택합니다. 그림이나 색깔, 제목 등 처음에는 책의 외형을 보고 고르겠지만 점차 자신만의 시각을 갖게 됩니다. 그때까지 기다려 주는 것이 최상의 방법입니다. 아이가 선택한 책을 함께 읽고 이야기하며 아이의 세계에 들어간다면, 그래서 함께 행복을 느낀다면 그것으로 충분합니다.

부모가 어렸을 때 처음 읽었던 책이나 재미있었던 책의 이야기를 들려주는 것도 좋습니다. 부모는 다시 어린 시절로 돌아가 그때의 기억을 떠올리며 자녀를 이해할 수 있고, 아이들은 부모의 어린 시절에 대해 궁금해하면서 서로에게 더 가까이 다가갈 수 있기 때문입니다.

책 선정에서 유의할 점

1. 아이의 의견을 최대한 반영합니다.
2. 아이가 책을 골라 달라고 할 경우 부모의 욕심에 따라 책을 고르지 않습니다.
3. 부모가 먼저 읽어 봅니다.
4. 유명한 외국 책이라고 무조건 선택하지 않습니다.
5. 외국 책을 번역한 경우 글이 자연스러운지, 우리의 현실과 맞는지 등을 고려합니다. 부모가 설명해주기 어려운 외국의 문화와 감정, 교육 제도에 대한 책은 아이에게 더욱 어렵게 느껴지며 책에 대한 흥미를 떨어뜨릴 수 있기 때문에 신중해야 합니다.
6. 아이의 심성을 고려해 감정적으로 무리가 될 수 있는 책은 피합니다. 예를 들어 귀신이나 도깨비를 무서워한다면 책에 그런 내용이 담겨 있을 경우 아이에게 불안감이나 공포감을 조성할 수 있습니다.
7. 초등학교 교사 추천도서나 전문가들의 추천도서를 참고하되 맹신해서는 곤란합니다. 아이들 각자의 기호와 개성을 고려해야 합니다.

독서 계획 세우기

'지봉유설芝峯類說'을 쓴 이수광은 매일 분량을 정해 읽는 '계획적 독서'가 중요하다고 가르쳤습니다. 동시에 책을 읽을 때 느낀 점이나 생각나는 것 등을 기록하는 습관을 가졌다고 합니다. 아이가 책과 친해지고 책과 친해졌다면 독서 계획을 세우는 것도 좋습니다. 그러나 준비가 안 된 상태에서 무리하게 계획을 세우고 추진한다면 아이가 책과 멀어지는 역효과를 초래할 수도 있습니다. 그러므로 무엇보다 아이가 독서 계획을 세울 상태가 되었는지를 파악하는 것이 중요합니다. 독서 계획은 아이의 성격과 취향에 따라 세워야 합니다. 야외 활동을 좋아한다면 자연이나 스포츠를 주제로 하고 내성적이라면 상상력을 자극하는 주제를 중심으로 책을 고릅니다. 그러나 그러한 주제에 갇혀 편향된 독서가 되어서는 곤란합니다. 초기에는 아이의 성향과 관심을 중심으로 책을 선정하고 점차 영역을 넓혀 다양한 간접 경험을 할 수 있도록 해야 합니다.

일주일에 한 권, 한 달 단위로 계획을 세우되 아이의 책 읽는 속도와 흥미를 고려해야 합니다. 책을 좋아하고 읽는 속도가 빠르다면 일주일에 두세 권도 좋습니다. 반면 읽는 속도가 느리거나 거부감을 표시하는 아이들은 한 달에 두세 권 정도에서부터 시작합니다. 책을 정하기에 앞서 사전에 도서관이나 서점에 가서 책의 내용을 파악하는 작업이 필요합니다.

독서는 무엇보다 습관이 중요하기 때문에 분량보다는 지속적으로 책을 읽도록 하는 것이 효과적입니다. 가장 경계해야 할 것은 결과를 중요시하거나 조바심을 내는 부모의 욕심입니다.

다음은 교사와 학부모들이 추천하는 책의 사례입니다. 어떤 책을 읽을까 막연 할 때 참고할 수 있지만 아이의 성향과 취향을 반영해 책을 선택하는 것이 가장 좋은 방법입니다.

초등학교 1학년 추천도서

제목	지은이	출판사
우당탕탕 할머니 귀가 커졌어요	엘리자베드 슈티메르트	비룡소
지각대장 존	존 버닝햄	비룡소
까마귀 소년	야시마 타로	비룡소
틀려도 괜찮아	마키타 신지	토토북
가족나무 만들기	로렌 리디	미래M&B
돼지책	앤서니 브라운	웅진
행복한 청소부	모니카 페트	풀빛
트레버가 벽장을 치웠어요	롭 루이스	비룡소
겁쟁이 빌리	앤서니 브라운	비룡소
책 먹는 여우	프란치스카 비어만	주니어 김영사
우리 가족입니다	이혜란	보림
구름빵	백희나	한솔수북
내가 처음 쓴 일기	대구금포초등학교 1학년 2반	보리
화가 나는건 당연해	미셸린느 먼디	비룡소
팥죽할머니와 호랑이	조대인	보림
우리나라 전래동요 동시	김원석	파랑새어린이
화요일의 두꺼비	러셀 에릭슨	사계절
깃털 없는 기러기 보르카	존 버닝햄	비룡소
해찬이의 학교 예절 배우기	몽당연필	대교
이솝이야기	이솝	삼성출판사
하이디	요한나 슈피리	삼성출판사
새똥과 전쟁	에릭 바튀	교학사
콩, 너는 죽었다	김용택	실천문학사
곤충의 비밀	이수영	예림당
수학그림동화 "즐거운 이사놀이"	안노미쓰마사	비룡소
머리에서 발끝까지 시리즈	허은미	아이세움
짧은 귀 토끼	다원시	고래이야기
우리 누나는 다운증후군	롤프 크렌처	경독
종이 봉지 공주	로버트 먼치	비룡소
아기 오리들한테 길을 비켜 주세요	로버트 맥클로스키	시공주니어
괴물들이 사는 나라	모리스 센닥	시공주니어

초등학교 2학년 추천도서

제목	지은이	출판사
루비의 소원	S. Y. 브리지스	비룡소
외갓집에 가고 싶어요	정길연	가교
아름다운 가치 사전	채인선	한울림 어린이
아기늑대 삼형제와 못된 돼지	에예니오스 트리비자스	웅진
에드와르도(세상에서 가장 못된 아이)	존 버닝	비룡소
빨간머리 앤	루시 모드 몽고메리	삼성출판사
왕자와 거지	마크 트웨인	삼성출판사
사랑의 학교	에드몬도 데 아미치스	삼성출판사
갈릴레오 갈릴레	피터 시스	시공주니어
내 친구 재덕이	이금이	푸른책들
화요일의 두꺼비	러셀 에릭슨	사계절
밤티마을 큰돌이네 집	이금이	푸른책들
밤티마을 영미네 집	이금이	푸른책들
밤티마을 봄이네 집	이금이	푸른책들
그림도둑 준모	오승희	낮은산
괜찮아	고정욱	낮은산
들키고 싶은 비밀	황선미	창비
삐삐는 언제나 마음대로야	아스트리드 린드 그렌	우리교육
세계 어린이와 함께 배우는 시민학교	로라 자페	푸른숲
수학그림동화 "신기한 열매"	안노 미쓰마사	비룡소
수학그림동화 "빨간 모자"	노자키 아키히로	비룡소
즐거운 역사체험 어린이 박물관	국립중앙박물관 교육홍보팀	웅진
까치도 삐죽이가 무서워서 까악 (어린이 글 모음집)	김창곤	굴렁쇠
꿈을 그린 추상화가 "김환기"	임창섭	나무숲
새처럼 날고 싶은 화가 "장욱진"	김형국	나무숲

        책을 선택하고 계획을 세웠다면 이제는 아이에게 적합한 독서법을 찾아야 합니다. 퇴계 이황과 다산 정약용은 책을 읽을 때 메모하는 습관이 있었습니다. 특히 이황은 제자들에게 이해하기 어려운 것이 있으면 적고 생각하라며 '적으며 읽기'를 강조했습니다. 책을 읽는 도중이나 읽은 후에 떠오른 생각이나 인상 깊은 부분 그리고 책에 대한 정보들을 메모하는 것은 생각을 키우는데 도움이 됩니다. 짧은 메모 쓰기를 계속하면 글 쓰는데 익숙해져 긴 글을 쓰는 것에 큰 부담을 느끼지 않게 됩니다. 정약용은 정성 들여 자세히 책을 읽는 것이 좋다고 했습니다. 그는 책을 읽다가 떠오르는 생각이 있으면 메모를 해 두었고, 책의 내용 가운데 중요한 것만 발췌해 베껴 쓰는 독서법을 평생 실천했습니다.

    독서는 천천히 여유 있게 하는 것이 좋습니다. 숙제를 위해 급하게 읽거나 대충 넘기며 읽는 독서법은 좋지 않습니다. 천천히 의미를 새기고 장면을 떠올리며 읽으면 책 속의 내용이 이해되고 기억에도 오래 남게 됩니다. 이해가 잘 안 가는 부분이나 재미있는 부분은 여러 번 읽어도 좋습니다. 그러나 재미없는 책 혹은 자신에게 잘 맞지도 않는 어려운 책을 오래 붙들고 있을 필요는 없습니다. 오히려 독서 의욕을 저하시키고 책을 멀리하게 되는 이런 책은 과감히 제쳐 두어야 합니다. 흥미가 당기는 책 위주로 읽다 보면 독서하는 행위 자체를 즐기게 됩니다. 그 이후에 어려운 책이나 필요하다고 생각하는 중요한 책을 읽는 것이 좋습니다. 아이들이 재미있는 책을 먼저 읽게 되면 책 읽는 재미에 빠지고 이후에는 스스로 찾아서 읽게 됩니다. 따라서 흥미 본위로 책을 읽는다고 걱정할 필요는 없습니다.

소리 내어 읽기, 눈으로 읽기, 마음으로 읽기, 적으면서 읽기, 그리면서 읽기, 읽은 내용에 대해 이야기 나누기 등 책을 읽는 방법은 다양합니다. 디지털 기기를 활용해 사진을 찍거나 동영상을 촬영하며 읽는 법도 사용해 볼 수 있습니다. 자녀에게 적합한 독서법을 찾는 것이 독서를 즐기도록 하는 지름길입니다.

독서록은 왜 쓰는 걸까?

　　　　　　　독서록이란 '책을 읽고 나서 책의 줄거리와 느낀 점을 간략하게 정리한 글'을 말합니다. 독서감상문보다 간단하지만 다양한 형식으로 작성할 수 있습니다. 처음에는 줄거리를 쓰는 것이 어렵기 때문에 책의 제목과 지은이, 출판사만 쓰는 것으로도 아이들이 책을 읽고 글을 쓰는 습관을 들이는데 큰 도움이 됩니다. 아이들이 이런 기록에 익숙해지면 점차 다양한 방법으로 독서록을 쓰면서 실력을 늘려나갈 수 있습니다.

　독서록은 지식과 지혜의 보물 창고이며 아이들은 독서록을 통해 생각의 깊이를 더해 갑니다. 독서록을 쓰면 책의 내용을 잘 이해하고 기억하게 됩니다. 생각과 느낌을 정리하고 책의 내용을 요약하는 훈련은 사고력과 분석력을 키워줍니다. 무엇보다 책을 읽으며 느낀 감동을 오래 간직할 수 있다는 점이 장점입니다.

　일기가 직접 경험의 기록이라면 독서록은 간접 경험의 기록입니다. 새로운 세상에 들어가 새로운 인물을 만난 진기한 경험을 기록하는 것입니다. 독서록을 쓰면서 아이는 이야기의 형태로 배움을 기억하고 도전 정신을 키우게 됩니다.

　우리나라뿐 아니라 다른 나라에서도 독서와 독서록은 아동 교육의 중요한 부분을 차지합니다. 미국의 경우, 저학년 학생들은 기록장을 내지 않지만 책을 읽은 것에 대해 보상을 받거나 독서퀴즈를 통해 독서를 장려합니다. 고학년들은 졸업할 때까지 최소 50권을 읽고 독서록을 쓰며 읽기와 쓰는 습관을 들입니다.

프랑스에는 동네마다 어린이 도서관이 있어 갓난아기때부터 천으로 만든 아기 책을 갖고 놉니다. 공립 유아학교에 다니는 만 3~5세 아이들은 시를 암송하며 자연스럽게 문학과 친해지게 됩니다. 특히 프랑스 청소년들은 우리의 수능시험과 비슷한 '바깔로레아Baccalaureat' 시험을 치르는데 자신의 생각과 논지를 논술 형식으로 서술할 수 있는지를 검증합니다. 이를 위해서는 철학과 문학을 비롯한 광범위한 독서가 기본이 되어야 하는데 어릴 때부터 책을 읽고 글을 쓰며 생각을 정리하는 훈련이 잘 되어 있기 때문에 별도의 논술 공부를 하지는 않는다고 합니다.

저학년 아이들이 독서록을 쓰기 위해서는 부모의 도움이 필요합니다. 부모는 아이와 함께 책을 고르고 소리내 책을 읽어주며 질문을 던져야 합니다. 책의 내용에 대해 대화하는 내용을 중심으로 독서록을 쓰면 아이는 글 쓰는 것을 그다지 어렵지 않게 느끼게 될 것입니다.

독서록에 담아야 할 내용

        독서록에는 제목과 줄거리, 느낀 점이 들어갑니다. 기록을 위해 지은이와 출판사, 출판 연도를 적기도 하지만 꼭 필요한 것은 아닙니다. 제목은 1, 2학년의 경우 책 제목의 뒤에 '읽고'나 '읽고 나서'를 붙입니다.

PROJECT ————————————————— **독서록 제목 예시와 담아야할 내용**

※ 예) '행복한 의자나무'를 읽고 / '이모의 결혼식'을 읽고 나서

※ 독서록 형식

1. 책 제목 / 지은이 / 출판사

2. 독서록 제목

3. 줄거리

4. 느낀 점

🌱 독서록을 쓰기 위한 대화법

독서록을 처음 쓰는 아이들에게 줄거리를 찾아 정리하는 것은 쉬운 일이 아닙니다. 이때 부모가 적절한 질문을 던지며 아이들이 생각하는 힘을 키우도록 도울 수 있습니다. 주의할 점은 부모가 원하는 방향으로 자녀를 유도하기보다 자녀 내면의 생각을 끌어낼 수 있어야 한다는 것입니다.

1. 어떤 책을 읽었나요?
2. 어떻게 이야기가 시작되었나요?
3. 어떤 일이 일어났나요?
4. 이야기의 끝은 어떻게 되었나요?
5. 등장 인물 가운데 누가 가장 좋았습니까?
6. 등장 인물의 어떤 점이 마음에 들지 않았습니까?
7. 등장 인물과 나는 어떤 점이 비슷한가요?
8. 등장 인물과 나는 어떤 점이 다른가요?
9. 책의 내용 가운데 어느 부분이 가장 기억에 남나요?
10. 그 이유는 무엇입니까?

처음에는 4번까지만 해도 독서록을 쓸 수 있습니다. 아이가 흥미를 보이면 계속 질문을 하며 대화를 이어 나가면 됩니다.

1. **어떤 책을 읽었나요?**
   '행복한 의자나무'를 읽었습니다.

2. **어떻게 이야기가 시작되었나요?**
   거인 에이트의 꽃밭에 외톨이 의자나무가 있었어요.

3. **어떤 일이 일어났나요?**
   어느날 에이트가 의자나무에 앉으며 '너에게 걸터 앉으니 정말 기분이 좋은 걸'하며
   칭찬해 주었어요.

4. **이야기의 끝은 어떻게 되었나요?**
   기분이 좋아진 나무는 꽃을 피웠고 에이트와 새들, 동물들의 멋진 친구가 되었어요.

5. **등장 인물 가운데 누가 가장 좋았습니까?**
   의자나무를 칭찬해 주는 거인 에이트가 좋았어요.

6. **등장 인물의 어떤 점이 마음에 들지 않았습니까?**
   아이들도 싫어하고 자신만 아는 의자나무가 처음에는 마음에 들지 않았어요.

7. **등장 인물과 나는 어떤 점이 비슷한가요?**
   나는 의자나무처럼 외톨이는 아니지만 칭찬을 받으면 기분이 좋아지고 뭐든 하고
   싶어지는 점이 비슷해요.

8. **등장 인물과 나는 어떤 점이 다른가요?**
   거인 에이트는 칭찬을 잘 하지만 나는 칭찬을 잘 못해요.

9. **책의 내용 가운데 어느 부분이 가장 기억에 남나요?**
   거인 에이트에게 칭찬을 들은 의자나무가 꽃을 피우는 부분이 멋졌어요.

10. **그 이유는 무엇입니까?**
    의자나무가 행복해져서 누군가를 위해 좋은 일을 할 수 있게 되었기 때문이에요.

독서기록장

독서록을 쓰기에 앞서 워밍업이 필요합니다. 아이들이 책을 읽고 기록하는 일에 익숙해 질 수 있도록 예쁜 공책이나 수첩을 준비합니다. 거기에 아이가 책을 읽은 날짜와 책 제목, 지은이, 출판사, 내가 고른 한 문장을 적게 합니다. 이 활동에 익숙해지면 한 문장을 고른 이유를 적습니다.

＊ 날짜: 4월 11일

＊ 제목: 행복한 의자나무

＊ 지은이: 량 수린

＊ 출판사: 북뱅크

＊ 내가 고른 한 문장: 나무는 쨍쨍 내리쬐는 햇볕으로부터 에이트를 지켜 주려고 조금씩
조금씩 가지를 키웠어요.

＊ 고른 이유: 나무가 친구 에이트를 위해 좋은 일을 하기 위한 마음을 가져서 좋았어요.

＊ 날짜: 4월 18일

＊ 제목: 도깨비를 빨아버린 우리 엄마

＊ 지은이: 사토 와키코

＊ 출판사: 한림 출판사

＊ 내가 고른 한 문장: 아니예요, 아니예요. 난 이대로가 좋아요.

＊ 고른 이유: 나도 이대로가 좋아요.

세 줄 쓰기로 시작하는 독서록

아이가 독서기록장 쓰기에 익숙해지면 본격적으로 독서록 쓰기에 들어갑니다. 독서록 쓰기 첫 단계는 줄거리를 찾아 쓰는 것입니다. 어떻게 시작되었고 어떤 사건이 일어났으며 어떻게 끝났는지를 세 문장으로 정리합니다.

1. 시작 이야기가 어떻게 시작되었습니까?
2. 사건 어떤 일이 일어났습니까?
3. 결말 어떻게 끝이 났습니까?

세 줄로 독서록 써보기

책 제목: 심심해서 그랬어
지은이: 윤구병
출판사: 보리

'심심해서 그랬어'를 읽고

엄마, 아빠가 일을 하러 간 사이, 심심해진 돌이는 뒷마당에 나갔어요. 시작
돌이가 뒷마당에 있던 동물들을 다 풀어주자 밭이 엉망이 되었어요. 사건
돌이는 집으로 돌아온 엄마에게 야단을 맞았어요. 결말

책 제목: 트레버가 벽장을 치웠어요
지은이: 롭 루이스
출판사: 비룡소

'트레버가 벽장을 치웠어요'를 읽고

엄마는 심심해하는 트레버에게 벽장이나 치우라며 쏘아붙였습니다. 시작
식구들이 뱃놀이를 다녀올 동안 트레버는 벽장 속에 쌓여있던 장난감을 갖고
신나게 놀았습니다. 사건
집 안은 온통 엉망이 되었지만 벽장은 깨끗해 졌습니다. 결말

다섯 줄 쓰기 독서록

　　　　　　　　3줄 쓰기에 익숙해지면 5줄 쓰기에 도 전합니다. 5줄 쓰기는 3줄 쓰기에 등장인물과 아이의 비슷한 점이나 다른 점을 찾는 것입니다. 또는 내가 고른 한 문장과 그 이유를 적어도 좋습니 다. 이 부분에 아이의 생각과 느낀 점이 들어가기 때문에 생각을 글로 표 현하는데 도움이 됩니다.

1. 시작 이야기가 어떻게 시작되었습니까?
2. 사건 어떤 일이 일어났습니까?
3. 시작결말 어떻게 끝이 났습니까?
4. 등장인물과 비슷한 점 다른 점 등장 인물과 나는 어떤 점이 비슷합니까? 다릅니까?
5. 이유 왜 그렇게 생각하나요?

다섯 줄로 독서록 써보기

엄마아빠가 일을 하러 간 사이, 심심해진 돌이는 뒷마당에 나갔어요. 시작

돌이가 뒷마당에 있던 동물들을 다 풀어주자 밭이 엉망이 되었어요. 사건

돌이는 집으로 돌아온 엄마에게 야단을 맞았어요. 결말

나도 엄마가 안 계실 때 엄마 화장품으로 화장을 해서 혼 난 적이 있어요. 등장 인물과
　　　　　　　　　　　　　　　　　　　　　　　　　　　　　　　　 비슷한 점
엄마의 물건을 함부로 만졌어요. 이유

심심한 트레버에게 엄마는 벽장이나 치우라며 쏘아붙였습니다. 시작

식구들이 뱃놀이를 다녀올 동안 트레버는 벽장 속에 쌓여있던 장난감을 갖고 신나게
놀았습니다. 사건

집 안은 온통 엉망이 되었지만 벽장은 깨끗해 졌습니다. 결말

나도 트레버처럼 장난감으로 집안을 어지르며 노는게 재미있습니다. 등장 인물과
　　　　　　　　　　　　　　　　　　　　　　　　　　　　　　 비슷한 점
그렇지만 엄마한테 혼날까 봐 다 놀고 나서 열심히 치웁니다. 등장 인물과 다른 점

열 줄 쓰기 독서록

5줄 쓰기가 잘 되면 10줄 쓰기에 도전합니다.

PROJECT **독서록을 쓰기 위한 대화해보기**

1. **어떤 책을 읽었나요?**
   제목이 신기한 '책 먹는 여우'라는 책을 읽었어요.

2. **어떻게 이야기가 시작되었나요?**
   책을 너무 좋아하는 여우 아저씨는 책을 다 읽고 나면 소금과 후추를 뿌려 먹었어요.

3. **어떤 일이 일어났나요?**
   도서관이랑 서점에서 책을 훔쳐 먹다 걸린 여우 아저씨는 감옥에 갔어요.

4. **이야기의 끝은 어떻게 되었나요?**
   책이 없는 감옥에서 여우 아저씨는 책을 먹기 위해 책을 써서 큰 성공을 거두었어요.

5. **등장 인물 가운데 누가 가장 좋았습니까?**
   교도관 빛나리 씨는 여우 아저씨에게 종이와 연필을 주고 책을 낼 수 있게 도와줬어요.

6. **등장 인물의 어떤 점이 마음에 들지 않았습니까?**
   아무리 자기가 좋아한다고 해도 훔치는 것은 좋지 않아요.

7. **등장 인물과 나는 어떤 점이 비슷한가요?**
   나도 여우 아저씨처럼 책을 좋아해요.

8. **등장 인물과 나는 어떤 점이 다른가요?**
   나는 책을 먹지는 않아요.

9. **책의 내용 가운데 어느 부분이 가장 기억에 남나요?**
   일곱 권 째 책을 먹어치우려는 순간 경찰이 들이닥쳐 여우 아저씨를 체포했어요.

10. **그 이유는 무엇입니까?**
    여우 아저씨는 겁이 나고 무서웠을 것 같아요.

124

열 줄 독서록 도전

책 제목: 책 먹는 여우
지은이: 프란치스카 비어만
출판사: 주니어 김영사

'책 먹는 여우'를 읽고

여우 아저씨는 책을 너무 좋아해서 다 읽고 나면 소금이랑 후추를 뿌려서 먹기까지 했다. 책이 필요한 여우 아저씨는 도서관과 서점에서 책을 훔쳐 먹었고 결국 감옥에 가게 되었다. 책이 없는 감옥에서 여우 아저씨는 책을 먹기 위해 책을 써서 큰 성공을 거두었다. 교도관 빛나리 씨가 여우 아저씨에게 종이와 연필을 주고 책을 낼 수 있게 도와준 덕분이었다.

일곱 권 째 책을 먹어치우려는 순간 경찰이 들이닥쳐 여우 아저씨를 체포했을 때 마음이 조마조마했다. 여우 아저씨도 겁나고 무서웠을 것 같다.

나도 여우 아저씨처럼 책을 좋아하지만 먹고 싶거나 훔치고 싶을 정도는 아니다. 아무리 자기가 좋아하는 것이 있어도 훔치는 것은 좋지 않다고 생각한다.

독서록 아이디어

　　　　　　　　　아이들이 재미있게 책을 읽고 기록하
며 생각할 수 있도록 다양한 방식으로 독서록을 만드는 것이 좋습니다. 물
론 핵심은 글을 쓰는 것이지만 글을 쓰기 위해서는 아이디어가 있어야 하고
생각하는 능력을 가져야 합니다. 다음은 독서록을 재미있게 쓸 수 있는 방
법입니다. 아이가 흥미를 느낄 수 있게 여러가지 방식으로 접근해 봅니다.

❋ 책표지 만들기

❋ 동시 짓기

❋ 중심 낱말을 사용해서 말잇기

❋ 등장인물 카드 만들기

❋ 내가 주인공이 되어 이야기쓰기

❋ 이야기의 내용 패러디하기

❋ 중심 낱말을 사용해서 말잇기 놀이

❋ 이야기 순서대로 번호 쓰기

❋ 등장 인물에게 상장 만들어 주기

❋ 등장 인물과 인터뷰 하기

❋ 등장 인물에게 편지 쓰기

❋ 책광고 만들기

❋ 뒷 이야기 상상해서 쓰기

❋ 수수께끼 만들기

❋ 노래 만들기

❋ 책 내용으로 표어 만들기

❋ 등장 인물 인형 만들기

🌱
패러디하기
~~~~~~

패러디는 읽은 책의 내용과 비슷한 이
야기를 만들어 보는 것입니다. 모든 창조의 기본은 모방입니다. 고대철학
자들도 문학과 예술에서 모방을 의미하는 '미메시스Minesis'의 중요성을 강
조했습니다. 모방은 인간의 본성이며 이를 통해 즐거움을 얻는 것은 자연
스러운 일입니다. 음악이든 미술이든 문학이든 잘 된 작품을 따라하면서
재미를 느끼다가 스스로 창작 능력까지 갖추게 됩니다. 서양 문학의 대가
인 셰익스피어 역시 시작은 모방에 있었습니다. 1580년대 중반 셰익스피
어가 런던에 도착했을 당시 도시는 연극 붐이 한창이었습니다. 런던에 온
셰익스피어는 연극에 경험이 적었지만 아내와 두 아이를 돌봐야 했기에
극장에서 배우로 일하게 되었습니다. 이 때 최고의 극작가로 이름을 날리
던 크리스토퍼 말로Christopher Marlowe 1564-1593의 극을 공연하게 되었습니다.
엘리자베스왕조 연극의 선구주자였던 말로는 연극을 시에서 떨어져 나오
게 했으며 고대 시와 전설에서 창작의 모티브를 가져 왔습니다. 케임브리
지 대학의 전액 장학생으로 도서관에서 마음껏 책을 빌려 읽을 수 있었던
말로와 달리 이러한 자료에 접근할 수 없었던 셰익스피어는 출판사를 하
는 친구로부터 책을 빌려 읽게 되면서 희곡을 쓰게 됩니다. 셰익스피어의
초창기 희곡은 대부분 말로의 작품을 흉내 낸 것이라고 합니다. 흉내를 자
신의 작품이라고 주장하는 표절은 곤란하지만 창작의 시작이 패러디에 있
다는 것은 널리 알려진 사실입니다. 패러디는 읽은 책의 내용을 거의 그대
로 본 따서 해보는 '비슷한 패러디'와 반대의 내용으로 만들어 보는 '반대
패러디'가 있습니다. 아이가 좋아하는 내용으로 이야기를 꾸며 봅니다.

독서록 쓰기

※ '책먹는 여우'를 읽고 비슷하게 혹은 반대로 패러디 이야기를 꾸며 봅니다.

1. 비슷한 이야기 꾸미기

'책 먹는 여우'를 읽고 – 책 먹는 하마 이야기

점심을 먹고 난 하마는 평소와 같이 나무 그늘에서 쉬고 있었어요. 그때 쉬고 있는 하마의 코를 자극하는 냄새가 나기 시작했어요. 하마는 어디서 냄새가 나는지 궁금했어요. 그러다 나무 위를 보니 다람쥐가 무언가를 먹고 있었어요. 하마는 다람쥐에게 무엇을 먹고 있냐고 물었어요. 다람쥐는 나무에서 나는 책을 먹고 있다며 하마에게 책 하나를 건네 주었어요.

하마는 그 책을 한 입 먹고 깜짝 놀랐어요. 하마가 여태 먹었던 음식과는 다른 독특한 맛과 향이 나는 음식이었어요. 그 후 하마는 책이 나는 나무를 찾아다니며 책을 즐겨 읽고 먹게 되었답니다.

2. 반대의 이야기 꾸미기

'책 먹는 여우'를 읽고 – 책 못 먹는 강아지 이야기

강아지는 장난기가 아주 많았어요. 이곳 저곳을 뛰어다니며 새로운 것을 보는 것도 좋아했어요. 바람에 날아다니는 나뭇잎을 쫓아가던 강아지는 어느새 해변에 이르렀어요. 새로운 곳에서 신이 난 강아지는 이리저리 뛰어다니며 놀았어요. 뛰어노는데 지친 강아지는 모래밭을 파며 놀기 시작했어요. 그러다 흙 속에서 책을 한 권 발견했어요. 맛을 보기 위해 혓바닥을 대 봤는데 너무 맛이 없었어요. 강아지는 그 책을 다른 장난감들처럼 가지고 놀고 싶었지만 네모난 모양이라 만지기 어렵고 재미도 없었어요.

그때 해변을 지나던 갈매기가 책을 발견하고 날개로 책장을 넘기기 시작했어요. 강아지는 신기해서 왜 그렇게 하냐고 물어봤어요. 그러자 갈매기는 책 속에 재미있는 이야기가 들어있다고 했어요. 갈매기가 떠나자 강아지도 책장을 넘겨봤어요. 책 속에는 강아지가 알지 못했던 새로운 세상이 펼쳐지고 있었어요. 책을 다 읽고 난 강아지는 새로운 책을 찾아 모험을 떠났습니다.

인터뷰하기

인터뷰 형식의 독서록은 책을 읽은 다음 책 속의 인물과 가상의 인터뷰를 하거나 책을 읽은 친구 혹은 부모님을 인터뷰하고 그 내용을 적는 방식입니다. 인터뷰는 'Inter + View'로 풀이할 수 있으며 우리 말로 '서로 본다'라는 뜻을 지니고 있습니다. 서로 마주 대하며 묻고 응답하는 대화 방식입니다. 인터뷰는 질문을 하는 사람Interviewer, 인터뷰에 응하는 사람Interviewee, 그리고 궁금한 이야기Theme로 구성됩니다. 이것을 인터뷰의 3요소라고 합니다.

재미있게 진행하기 위해 마이크나 휴대폰 어플리케이션 등을 이용해 직접 녹음을 하고 그 내용을 옮겨 적는 것도 좋습니다.

1. 책을 읽고 나서 같은 책을 읽은 인터뷰 대상자를 선택합니다.
2. 5~10개 정도의 질문을 준비합니다.
3. 녹음기를 준비합니다. 휴대폰의 음성녹음 앱을 사용해도 됩니다
4. 인터뷰를 진행합니다.
5. 녹음한 내용을 토대로 독서록을 적습니다.

※ 아이와 책속의 인물을 선정해 인터뷰를 진행하며 녹음한 뒤 그 내용을 적게 합니다.

　책 속의 등장 인물을 선택해 가상의 인터뷰를 진행해도 좋고 책을 읽은 사람이 책 속 주인공의 역할을 맡아 인터뷰 대상자가 될 수도 있습니다.

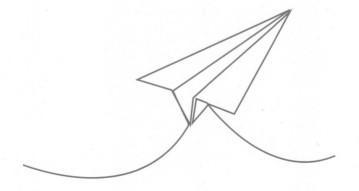

인터뷰 독서록 1

책 제목: 트레버가 벽장을 치웠어요
지은이: 롭 루이스
출판사: 비룡소

조진경: 안녕하세요. 김지우 씨. 저는 인터뷰를 맡은 조진경이라고 해요.

김지우: 네. 안녕하세요.

조진경: 최근 읽은 책 '트레버가 벽장을 치웠어요'와 관련해서 인터뷰를 하려고 합니다. 먼저 어떻게 이 책을 읽게 되었는지 얘기해 주세요.

김지우: 저는 사실 책 읽는 걸 별로 안 좋아해요. 게임하고 공차기를 좋아하거든요. 근데 선생님이 책을 읽으면 스티커를 주신다고 해서 생각하게 됐어요. 짝이 재미있다고 이 책을 추천해서 학급문고에서 골라 읽었어요.

조진경: 어떤 내용이었나요?

김지우: 가족들이 함께하는 행사에 참여하지 않는 대신 벽장을 치우게 된 트레버가 벽장 속에서 오래 된 물건을 발견하면서 일어나는 일이었어요.

조진경: 평소에 정리를 잘 하는 편인가요?

김지우: 제 별명이 '어지름쟁이'예요. 어떨지 상상할 수 있죠? 그렇지만 정리를 하는 것이 중요하다는 생각을 했어요. 준비물을 못 찾아서 새로 산 적도 있거든요.

조진경: 끝으로 이 책과 관련해서 꼭 하고 싶은 말이 있으면 해 주세요.

김지우: 이 책과 관련해서는 아니지만, 책을 읽어보니까 게임하고는 다른 재미를 느낄 수 있었어요. 앞으로도 계속 책을 읽어서 스티커도 많이 모으고 상품도 받고 싶어요.

조진경: 네, 김지우 씨. 오늘 인터뷰 감사합니다.

인터뷰 독서록 2

책 제목: 트레버가 벽장을 치웠어요
지은이: 롭 루이스
출판사: 비룡소

'트레버가 벽장을 치웠어요'를 읽고

나: 안녕하세요. 트레버 씨.

트레버(민수): 네, 안녕하세요?

나: 트레버, 지난주에는 어떻게 지냈나요?

트레버(민수): 월요일엔 수수께끼를 풀고, 화요일엔 롤러 스케이트를 탔어요. 수요일엔 그림을 그리고, 목요일엔 테니스를 쳤어요. 금요일엔 벽장 정리를 했죠.

나: 벽장 정리를 하다니! 대단하네요. 어떻게 하게 된 건가요?

트레버(민수): 사실 제가 하고싶어서 한 건 아니었어요. 가족들 뱃놀이에 따라 가기 싫어했더니 엄마가 가기 싫으면 벽장 청소를 하라고 하셨어요. 그래서 하게 됐어요.

나: 벽장 정리를 해 보니 어땠나요 ?

트레버(민수): 처음에 벽장 정리를 할 생각을 하니까 눈앞이 깜깜했어요. 같이 뱃놀이 가지 않은 걸 후회하기도 했지만 막상 벽장 정리를 시작하고 보니까 별 거 아니고 재미있었어요.

나: 어떤 점이 재미있었나요?

트레버(민수): 벽장 문을 열었더니 안에는 장난감들이 산더미처럼 쌓여 있었어요. 거기에 잃어버린 줄 알았던 공이 있었죠. 너무 기뻤어요. 또 실타래들와 연을 찾아 집 구석구석을 돌아다니며 놀았어요.

나: 벽장 치우기, 다음에 또 할 생각인가요?

트레버(민수): 그럼요. 벽장도 깨끗해지고 장난감도 얻고 얼마나 좋은지 몰라요. 그 다음날도 하려고 했는데 엄마가 말려서 못 했어요. 내일은 엄마를 졸라서 꼭 할 거예요.

나: 트레버씨, 인터뷰에 응해줘서 감사합니다.

트레버(민수): 네, 감사합니다.

책 제목: 까마귀 소년
지은이: 야시마 타로
출판사: 비룡소

'까마귀 소년'을 읽고

부모: '까마귀 소년'을 어떻게 알게 되었나요?

나: 제가 학교에 간 첫날이었어요. 한 아이가 없어졌다고 학교가 소란스러웠어요. 나중에 보니까, 학교 마룻바닥 밑 깜깜한 곳에 한 아이가 숨어있었어요. 그 후로 친구들은 그 아이를 '땅꼬마'라고 불렀어요.

부모: 그 아이의 학교 생활은 어땠나요?

나: 그 아이는 선생님을 무서워해서 뭘 제대로 배우지 못했어요. 아이들도 무서워해서 아무하고도 어울리지 못했어요. 외톨이 같았죠. 교실에서는 뚫어지게 천장만 쳐다보기도 하고 책상의 나뭇결도 골똘히 살펴보곤 했어요. 창 밖도 한참 쳐다보고 그랬어요. 운동장에서는 나무 밑에서 맨날 눈을 감고 있었어요.

부모: 그 아이는 계속 그렇게 지냈나요?

나: 아뇨. 이소베 선생님이 새로 오시면서 모두가 달라졌어요. 선생님은 얼굴에 늘 미소를 띤 다정한 분이었어요. 우리는 선생님과 자주 학교 뒷산에 올라갔어요.

부모: 거기서 무엇을 했나요?

나: 꽃과 나무에 관한 이야기를 했는데 놀랍게도 땅꼬마는 많은 것을 알고 있었어요. 어디에서 머루가 열리고 돼지감자가 자라는지, 꽃의 이름은 무엇인지 다 꿰고 있었어요.

부모: 또 어떤 일이 있었나요?

나: 대단한 일이 일어났어요. 학예회에서 그 아이는 까마귀 소리를 흉내 냈어요. 그냥 평범한 까마귀 소리가 아니라 새끼 까마귀 소리, 엄마 까마귀 소리, 아침에 우는 까마귀 소리… 또 마을 사람들에게 좋지 않은 일이 생겼을 때 우는 까마귀 소리와 행복한 까마귀 소리도 들려줬어요. 그 중에서 가장 기억에 남는 건 고목 나무에 앉아 우는 까마귀 소리였어요.

부모: 사람들의 반응은 어땠나요?

나: 까마귀 소리를 들은 많은 사람들이 눈물을 흘렸어요. 저도 울었어요. 까마귀 소리가 마을에 대한 추억을 떠올리게 한 것 같아요. 그리고 우리는 땅꼬마를 못살게 굴었는지 생각이 나서 미안했어요.

부모: 그 아이를 마지막으로 본 게 언제인가요?

나: 그 아이가 가족들이 구운 숯을 팔러 가끔 읍내에 오는 걸 본적이 있어요. 숯을 다 팔면 그 돈으로 아이는 산에서 필요한 물건들을 이것 저것 사곤 했어요. 일이 끝나면 까마귀 소리를 내며 먼 산자락에 있는 집으로 돌아갔어요. 즐겁고 행복한 까마귀 소리를 내면서 말이죠.

인터뷰 독서록 4

책 제목: 우리 가족입니다
지은이: 이혜란
출판사: 보림

'우리 가족입니다'를 읽고

나: 가족 관계가 어떻게 되나요?

수민: 엄마, 아빠, 나, 동생, 할머니. 이렇게 다섯 명입니다.

나: 언제부터 할머니와 같이 살게 되었나요?

수민: 어느 날 식당 앞에 택시가 섰어요. 알고 보니까 할머니가 시골에서부터 타고
　　　오신 거였어요. 그때부터 같이 살고 있습니다.

나: 할머니랑 같이 사니까 어때요?

수민: 처음에는 많이 불편했어요. 자꾸 어디서 뭘 주어 오시고, 밥 먹다가 음식을 뱉
　　　기도 하셨어요. 옷장에 젓갈도 넣어 놓으셨어요.

나: 할머니에 관해서 기억에 남는 일이 있나요?

수민: 수업이 끝나고 학교 앞에 나왔는데 할머니가 학교 담 밑에서 그냥 누워 주무
　　　시고 있었어요. 그래서 집에 급히 가서 엄마, 아빠한테 알렸어요. 식당 일을 하
　　　시다가 아빠가 헐레벌떡 학교로 뛰어가서 할머니를 엎고 오셨어요.

나: 다른 가족들은 할머니를 힘들어 하지 않나요?

수민: 아빠는 할머니가 아빠 엄마라서 같이 있는 거라고 하셨어요.

나: 지금은 할머니랑 지내는 게 어떤가요?

수민: 이제는 많이 익숙해졌어요. 할머니도 엄마처럼 아빠를 사랑하며 키웠을 거라고
　　　생각해요. 우리 엄마처럼요.

인터뷰 독서록 5

책 제목: 돼지책
지은이: 앤서니 브라운
출판사: 웅진주니어

'돼지책'을 읽고

수민: 얼마 전 엄마가 사라져서 힘든 경험을 한 걸로 알고 있어요. 거기에 대해 이야기해 볼까요? 엄마가 사라지기 전 엄마와의 관계는 어땠나요?

나: 사실 엄마와 별로 대화를 나눌 시간이 없었어요. 저는 학교 갔다 와서 공부하고 엄마는 일 다녀오시고 집안일 때문에 바쁘셨거든요.

수민: 엄마가 남긴 편지를 보고 무슨 생각이 들었나요?

나: 엄마가 남긴 '너희들은 돼지야'라는 종이를 보고 처음에는 무슨 말인지 몰랐어요. 그런데 며칠 뒤 우리 가족의 모습을 보며 그게 무슨 뜻인지 깨닫게 되었어요.

수민: 엄마가 사라지고 난 이후에 어떻게 생활했나요?

나: 엄마가 사라진 그 날, 아빠와 우리는 손수 저녁밥을 지어야 했어요. 시간이 많이 걸리고 힘들었어요. 그리고 아무도 설거지와 빨래를 하지 않아 며칠이 지나자 집이 돼지우리처럼 되었어요.

수민: 엄마가 그렇게 많은 일을 하는지 평소에 알고 있었나요?

나: 아니요. 전혀 몰랐어요. 요리, 설거지, 침대 정리, 청소… 할 일이 해도해도 끝이 없고 너무 힘들었어요.

수민: 그 이후로 달라진 점은 무엇인가요?

나: 집안일은 온 가족이 함께 하기로 했어요. 아빠는 설거지와 다림질을 하고 저와 사이먼은 침대 정리를 해요. 엄마가 요리 하실 때는 다같이 도와 드려요. 저희도 같이 돕게 됐어요. 엄마의 미소를 볼 수 있어서 행복해요.

역할 바꾸기

역할 바꾸기는 다른 사람의 입장에서 이야기를 전개하는 것입니다. 스스로 강아지나 나무가 되어보고, 괴롭힘을 당하는 입장이 되어보면서 각자 소중한 존재라는 것을 깨닫고 생명에 대한 애정을 키울 수 있습니다. 아이들은 다양한 시각에서 사건을 바라보며 감정이입을 통해 몰입을 경험하게 합니다. 이러한 훈련은 창의성을 높이는 데 도움이 됩니다.

역할 바꾸기 독서록

'트레버가 벽장을 치웠어요'를 읽고

강아지 트레버는 너무나 심심해요. 준이네 가족이 오늘도 늦게 온다고 했거든요. 할머니가 편찮으시다고 요즘은 거의 매일 병원에 들렀다가 늦게 와요. 준이가 놓고 간 장난감과 노는 것도 이제는 지겨워요. 매일매일 똑같은 음식에 똑같은 장난감, 그리고 늘 혼자인 이 생활에 트레버는 싫증이 났습니다. 그러다 트레버는 주인의 신발장 문이 살짝 열려있는 걸 봤어요. 앞발을 들어 문을 당겨 보았어요.

신발장을 여니 신기한 것들이 많았어요. 뾰족한 것, 뭉툭한 것, 큰 것, 작은 것, 딱딱한 것, 몰랑몰랑한 것들이 가득 들어 있었어요. 한참 놀다 보니 신발은 바닥에 다 떨어져 있고 신발장은 텅 비어 깨끗해 졌어요. 피곤해 진 트레버는 그만 잠이 들었어요. 집에 도착한 준이네 가족은 자고 있는 트레버에게 야단을 쳤어요. 왜 엉망을 만들었냐고 말이죠. 신발장은 텅 비어 깨끗하기만 한데 가족들이 왜 혼내는지 트레버는 알 수 없었어요. 그저 억울한 눈빛으로 신음 소리를 내며 바라볼 수 밖에요. 트레버는 내일은 또 다른 걸 청소해야겠다고 생각했어요.

놀이 만들어보기

책을 읽고 나서 직접 놀이를 만들어 보면 책의 내용을 체화 하는데 도움이 됩니다. 책은 눈으로 읽는 데서 그치는 것이 아니라 몸과 마음으로 받아 들일 수 있어야 합니다. 수수께끼, 퀴즈, 숨은 그림 찾기 등 재미있는 놀이를 하면서 책의 내용을 떠올리도록 합니다.

`PROJECT` ▶▶▶▶▶▶▶▶▶▶▶ **숨은 그림 찾기 놀이**

'트레버가 벽장을 치웠어요'를 읽고 난 다음 그림을 복사해 숨은 그림 찾기 놀이를 해 봅니다. 트레버의 집에는 벽장 뿐 아니라 곳곳에 여러 가지 장난감들이 등장합니다. 특히 트레버가 벽장을 청소한 후의 거실 삽화에는 수많은 장난감들이 숨어 있습니다. 공, 깃털 주머니, 캄캄한 지하감옥 놀이, 그림 맞추기 조각, 고무 찰흙 덩어리, 실타래, 연, 하늘색 배, 수영 튜브, 기차놀이 모음, 경주용 자동차 등이 거실 여기저기에 놓여 있습니다. 이런 장난감들을 활용한 숨은 그림 찾기는 트레버가 장난감을 갖고 놀던 책 내용을 새록새록 기억나게 할 것입니다.

책에 등장하는 인물의 이름이나 특징, 장소 등 중요한 내용을 찾아 퀴즈로 만듭니다.
아이가 직접 문제를 만들기 때문에 책의 내용을 더 찬찬히 들여다보게 됩니다.

책 제목: 바퀴는 재미있다
지은이: 정연경
출판사: 이수미디어

퀴즈

* 다음 물음에 답하세요.

1. 바퀴가 달린 의자와 바퀴가 달리지 않은 의자의 차이는 무엇입니까?

2. 동그라미, 세모, 네모 중 가장 잘 굴러가는 모양의 바퀴는 어떤 것일까요?

3. 공과 바퀴의 다른 점은 무엇일까요?

4. 두 바퀴로 이루어진 것은 무엇이 있을까요?

4. 자전거, 오토바이

3. 공은 굴러가며 다른 방향으로 공과 바퀴는 모양이 다릅니다.

2. 동그라미

1. 바퀴가 달린 의자는 잘 움직이고 편리합니다.

정답

책 제목으로 오행시 짓기

책의 제목에 맞춰 첫 글자로 시작하는 시를 읊는 것입니다. 이때 책의 내용이 들어갈 수 있도록 해야 합니다. 어떻게든 말을 만들어야 하기 때문에 제목이 길면 어렵게 느껴 질 수 있습니다. 따라서 다섯 글자 이내의 제목으로 된 책으로 하는 것이 좋습니다. 완성하고 났을 때 아이가 느끼는 성취감은 말할 수 없이 클 것입니다.

PROJECT ──────────── **책 제목으로 삼행시, 사행시, 오행시 짓기**

※ 제목이 3~5 글자로 된 책을 골라 읽도록 한 후
삼행시, 사행시, 오행시를 짓게 합니다.

오행시 짓기

책 제목: 루비의 소원
지은이: 시린 임 브리지스
출판사: 비룡소

'루비의 소원' 오행시

루 루비, 넌 정말 대단해.

비 비록 할아버지가 반대를 했지만

의 의사도 될 수 있고 학자도 될 수 있다는 꿈을 꾸었잖아.

소 소원대로 대학에 가게 되어 나도 기뻐.

원 원하는 일을 하고 멋진 사람이 되면 좋겠어.

동시 짓기

시에는 형식이 없습니다. 물론 정형시는 글자의 수나 운율을 맞추어야 하지만 현대시는 그런 형식을 파기하기 때문에 자유롭게 쓰면 됩니다. 마음 속에 있는 것을 끄집어 내어 자유롭게 형식에 구애 받지 않는 것이 바로 '시'입니다. 짧게 써도 되고 말하거나 노래 부르듯이 써도 됩니다. 아이들에게 동시를 몇 편 들려주고 비슷하게 쓰도록 해도 됩니다.

PROJECT   **동시 짓기**

※ 책 속의 내용으로 3~5줄 정도의 짧은 동시를 써 봅니다. 노래를 만들어 불러도 좋습니다.

동시 짓기

책 제목: 새똥과 전쟁
지은이: 에릭 바튀
출판사: 교학사

'새똥과 전쟁'을 읽고

날아가던 새들이 임금님 콧등에 똥을 쌌어요.

어이없는 전쟁이 일어났지만,

전쟁은 슬픈 거예요.

많은 사람이 다치고 죽어요.

작은 싸움도, 큰 전쟁도 싫어요.

다같이 사이 좋게 사는 세상을 꿈꿔요.

책 속 인물에게 편지쓰기

책 속에 등장하는 인물에게 편지를 쓰면 인물에 대해 보다 가깝게 느끼고 생각할 수 있습니다. 편지쓰기는 인물의 생김새와 성격, 그리고 취향을 이해하는 능력을 길러 줍니다. 편지를 쓸 때 책 속의 인물이 했던 말이나 행동을 아이 자신의 경험과 연결시켜서 쓸 수 있도록 해 봅니다.

편지쓰는 법

1. 받는 사람

2. 인사

3. 만나게 된 계기

4. 인물의 매력과 '나'의 매력 또는 부족한 점

5. 사건

6. 사건의 해결방식

7. 해 주고 싶은 말 조언이나 칭찬 등

8. 끝인사

9. 쓰는 사람

책 속 인물에게 편지쓰기

※ 책 속에 등장하는 인물에게 편지 형식에 맞춰 편지를 써 보게 합니다. 예쁜 편지지를
   준비하면 좋습니다.

책 제목: 화요일의 두꺼비
지은이: 러셀 에릭슨
출판사: 사계절

'화요일의 두꺼비'를 읽고

워턴에게

엉뚱하고 용감한 두꺼비야, 안녕?

너는 아빠가 주신 선물 속에 들어 있었어. 워턴, 너를 만난 건 행운이라고 생각해.

나는 자신을 잡아 먹을지도 모르는 올빼미를 친구로 여기고 따뜻하게 대하는 네가
부러웠어.

사실 나는 키가 작은 편이라 키가 큰 친구를 사귀는 게 힘들거든. 그리고 겁이 많아
서 비오는 날 만나는 지렁이나 산에 사는 벌도 무서워 해. 하지만 너를 보면서 조금
씩 용기를 내게 되었어. 다음에 개구리나 두꺼비를 만나게 되면 너의 친구들이라 생
각하고 겁내지 않을게.

올빼미 조지가 여우에게 잡아 먹히게 되자 친구를 구하려고 돌아가는 모습이 정말
멋졌고 성공해서 기뻤어. 진정한 친구가 된다는 건 서로 마음을 열고 어려운 일을 도
와주는 거라고 생각해.

그런데 걱정이 되는 게 하나 있어. 올빼미 조지가 배가 고프면 너를 먹고 싶어질 수도
있지 않을까? 혹시 모르니까 조지가 배가 부를 때까지 먹도록 기다려 주면 좋겠어.

그럼 안녕.

지우가

책 제목: 말썽쟁이 토마스에게 생긴 일
지은이: 질 티보
출판사: 어린이 작가정신

'말썽쟁이 토마스에게 생긴 일'을 읽고

기욤에게

안녕, 기욤!

우리 반 책대장이 토마스와 너에 대한 이야기를 들려 줬어. 직접 너를 보고 싶어서 도서관으로 갔지. 그곳에서 작고 순해 보이는 너를 만났어.

친구들과 싸우고 괴롭히며 악당 짓을 하는 토마스와 네가 친구가 된 것이 신기해. 너는 악당에는 소질이 없는데 말이야. 나도 너처럼 별로 힘이 없고 혼자 있는 걸 좋아해. 토마스의 비밀 본부에서 책만 읽는 너에게 토마스가 화를 내며 책을 집어 던졌을 때 나도 정말 화가 났어. 나 같아도 너처럼 친구를 떠나 버렸을 거야.

그래도 혼자였던 토마스가 너의 책들을 읽으며 너를 이해하고 책을 좋아하게 되어서 다행이야.

악당을 책의 세계로 이끌다니 기욤 너, 정말 대단해. 지금쯤 도서관에서 토마스와 함께 책을 읽고 있겠지?

나도 너를 만나러 도서관으로 갈게.

그럼 안녕.

수환이가

　　　　　　　마녀, 공주, 왕자, 용 등 상상력을 자
극하는 이야기 속의 인물을 인형으로 만들면서 아이는 이야기 속에 등장
하는 인물을 보다 구체적으로 그려볼 수 있습니다.

　'겁쟁이 빌리'에는 걱정 인형이 등장합니다. 이 책은 걱정이 많은 소년
빌리에 관한 이야기입니다. 빌리는 모자, 구름, 비, 커다란 새까지 모두 걱
정거리입니다. 할머니 집에 가서도 빌리의 걱정은 멈추지 않습니다. 그런
빌리를 위해 할머니는 걱정 인형을 만들어 주십니다. 자는 동안 베개 밑에
넣어 두면 대신 걱정을 해 주는 인형입니다. 인형에게 걱정을 모든 걱정을
맡기고 빌리는 푹 잠이 듭니다. 그런데 걱정 인형이 얼마나 걱정을 할지
다시 걱정이 시작됩니다. 빌리는 걱정인형을 위해 다른 인형을 만듭니다.

　아이들에게도 어른들 못지않게 걱정 거리가 많습니다. 때로는 그런 걱
정 때문에 심각해지기도 합니다. 친구를 못 사귀면 어쩌나, 엄마, 아빠가
아프면 어쩌나, 싫어하는 반찬이 나오면 어쩌나, 옷 더럽혔다고 혼나면 어
쩌나… 이런 아이들을 위해 '겁쟁이 빌리'를 읽고 어떤 걱정거리가 있는지
고민을 나누며 걱정인형을 만들어 보면 어떨까요? 엄마, 아빠, 아이가 함께
책을 읽은 다음 걱정하는 내용을 적어 실로 꽁꽁 동여맨 인형을 만듭니다.
인형은 울상을 짓지만 가족은 편한 마음으로 잠들 수 있을 겁니다. 불쌍한
걱정 인형을 위해 활짝 웃는 모습의 '걱정마' 인형도 같이 만듭니다.

책 제목: 겁쟁이 빌리
지은이: 앤서니 브라운
출판사: 비룡소

'겁쟁이 빌리'를 읽고

나의 걱정은?
열나고 아플까 봐 걱정입니다.
엄마가 동생을 더 좋아할까 봐 걱정입니다.
공부를 못할까 봐 걱정입니다.
놀 시간이 없을까 봐 걱정입니다.

PROJECT   '걱정마' 인형 만들기

※ 준비물: 색도화지, 가위, 목공풀, 사인펜, 색실, 폼폼, 면봉(나무젓가락, 꼬치 등), 단추

1. 색도화지를 접어 몸통을 만듭니다. 크게 만들려면 나무 젓가락을
   반 자른 크기에 맞추고 작게 만들려면 면봉 크기에 맞추면 됩니다.
2. 몸통 윗부분 1/3에 걱정하는 모습의 눈, 코, 입을 그립니다.
3. 아랫부분에 다리를 붙입니다.
4. 실을 돌돌 말아 몸통 부분을 만든 다음 단추 등으로 장식합니다.

광고는 상품에 대한 정보를 담아 소비자에게 전달하는 것입니다. 텔레비전, 라디오, 신문, 인터넷, 옥외광고, 전단지, 이벤트 등 다양한 형식의 매체에 광고가 실립니다. 광고에는 기업이나 기관의 이미지, 철학, 상품의 특징, 서비스 등과 관련된 내용이 들어 있으며 최종적으로 소비자의 선택을 받는 것을 목표로 합니다. 책을 읽고 책에 관한 광고를 만드는 과정에서 아이들은 주요한 내용이 무엇인지 파악하게 되며 인물의 특징에 집중할 수 있습니다.

책 광고 만드는 법

1. 아이에게 라디오 광고를 들려주거나 TV광고를 보여줍니다. 전단지를 만들려면 사람이나 강아지를 찾는 전단지를 찾아서 보여주며 형식을 이해하도록 합니다.
2. 책의 제목이나 책 속의 인물을 내세워 핵심 문장을 씁니다.
3. 그 밖에 필요한 정보를 담습니다.
4. 3~5문장 정도로 완성합니다.

PROJECT ———————————————————————— **광고 만들기**

※ 책을 읽고 짧은 오디오 광고나 전단지를 만듭니다.

책 제목: 행복한 초록섬
지은이: 한성민 지음
출판사: 파란자전거

'행복한 초록섬' 책 광고

'행복한 초록섬'이 행복의 비법을 알려드려요.
원하는 걸 다 가진다고 행복해질까요?
차가 없어도, 높은 건물이 없어도
탁 트인 하늘과 맑은 물, 숲과 동물이 있어 살기 좋은 곳
'행복한 초록섬'에서 진정한 행복을 찾으세요!

책 제목: 신통방통 한글
지은이: 강민경
출판사: 좋은책어린이

'신통방통 한글' 책 광고

한글이 궁금한가요?
그럼 '신통방통 한글'을 만나보세요.
한글이 어떻게 만들어 졌는지,
한글이 얼마나 훌륭한 글자인지
한눈에 알 수 있답니다.
'신통방통 한글', 놓치지 마세요!

책 제목: 엄마아빠 팔아요
지은이: 이용포
출판사: 창비

'엄마아빠 팔아요' 전단지 광고

마녀도 포기한 엄마아빠를 찾습니다.
엄마의 주특기는 '잔소리', 아빠의 주특기는 '심부름 시키기'입니다.
둘 다 힘이 세고 고집이 셉니다.
위 사람을 보신 분은 연락 바랍니다.
사례합니다.
아들 김용찬 연락처 010-0000-0000

책 제목: 에디가 말이 됐어요
지은이: 조란 드르벤카
출판사: 반딧불이

'에디가 말이 됐어요' 전단지 광고

사람을 찾습니다. 말이 되었을 수도 있어요.
이름은 에디, 초등학교 3학년 소녀입니다.
친구인 나디야가 곧 승마를 배울 거라고 하자
"네가 승마를 배운다고? 그럼 난 그 날 바로 말이 되겠다!"
이 말을 남기고는 사라졌습니다.
가족들이 애타게 찾고 있습니다.
에디를 닮은 소녀나 말을 보신 분은 연락주세요.
사례로 말을 태워 드릴게요.
연락처 010-0000-0000

놀 면 서
가 르 치 는
우 리 아 이
글 쓰 기
일 기
독 서 록

맺는 말

Diary & Book Writing Project
With Mom And Dad

맺는 말

　　　　　　　　　아이들을 위한 모든 교육의 중심에는
'관계'가 있습니다. 부모가 아이의 롤모델이자 가장 사랑하고 신뢰할 수 있
는 사람으로 자리매김하게 되면 교육의 효과는 높아집니다. 아이가 이야
기의 힘을 깨닫고 글쓰기를 통해 자신과 대화하는 법, 타인을 이해하는
법, 사회에 참여하는 법을 배우면서 건강한 사회인으로 성장하려면 무엇
보다 부모의 도움이 절실합니다. 이때 부모의 역할은 아이들이 글쓰기에
관심을 갖는 환경을 조성해 주며 기쁨을 갖고 글쓰기를 하도록 격려해 주
는 것입니다. 부모의 지지와 피드백은 아이들의 글쓰기 실력을 진작시키
는 가장 강력한 도구입니다.

　이 책은 아이의 글쓰기 숙제를 어떻게 해야 할지 고민하는 부모를 위해
준비한 것입니다.

　일기와 독서록을 쓰는 방법에 앞서 왜 써야 하는지에 대해 먼저 이야기
하였습니다. 모든 일에는 이유가 있습니다. 글을 쓰는 것도 왜 쓰는지 알
아야 재미있게 잘 쓸 수 있습니다. 누구를 위해서가 아니라 나 자신을 위
해 쓰는 것이라는 사실을 깨닫게 된다면 아이들은 기꺼이 글쓰기를 받아

들이게 될 것입니다. 그리고 아이가 자신의 세계를 열어가는 과정에 부모가 협력자가 된다면 아이의 삶은 훨씬 풍부해 질 것입니다.

교육학자인 메이어 교수는 아이들의 글쓰기를 내용Content과 기술Mechanics로 구분했습니다. 내용은 무엇을, 그리고 기술은 어떻게 쓸 건지에 해당합니다. 이 책 역시 글감을 찾는 법과 글을 쓰는 방식에 대해 다양하게 구성했습니다. 글감이 없으면 글쓰기는 막막해 지고 글쓰는 일이 어렵게 느껴집니다. 따라서 글에 담아야 하는 내용을 생각하고 경험하며 발견하는 훈련이 필요합니다. 글을 쓰는 기술은 형식을 익히는 것입니다. 일단 쓸 거리가 생기면 형식은 이 책에서 제시하는 기본적인 틀을 따라가면서 익힐 수 있습니다.

처음부터 글을 잘 쓰는 아이로 키우겠다고 생각하기보다 글쓰기에 재미를 붙이게 한다는 마음으로 시작하는 것이 좋습니다. 글을 잘 쓰기 위해서는 집중력과 인내심, 자신감 그리고 지식이 필요하며 무엇보다 오랜 시간을 쏟아야 합니다. 지금부터 차근차근 읽고 쓰기를 시작한다면 시간의 흐름과 함께 아이의 글쓰기 실력은 기대 이상으로 좋아질 것입니다.

아이가 초등학교에 입학하면 부모는 이 책 저 책 들춰보고, 이 학원 저 학원 보내 보고, 이 음식 저 음식 먹여보고, 이 옷 저 옷 사 줘가며 아이를 위해 정성을 쏟기 마련입니다. 그러나 아이에게 가장 중요한 선물은 부모와 함께 하는 시간입니다. 컵라면을 만들거나 종이배를 접어 물에 띄우는 사소한 일도 아이에게는 재미있고 소중합니다. 아이를 위해 스마트폰에서 손을 떼고, 친구와 술 한 잔을 멈추고, 직장에서의 일도 잊어 버리고, 아이의 눈을 바라 보는 시간을 가져야 합니다. 아이와 수다를 떨고 아이와 노래를 부르며 아이의 세상 속으로 들어갈 때, 아이는 가장 큰 행복을 느낍니다. 무엇보다 그 시간은 그리 길지 않습니다.

우리가 아이에게 집중한다면, 아이의 글쓰기는 저절로 따라 올 것입니다.

저자 소개

홍숙영

홍숙영은 소설가이자 시인으로
이화여대를 거쳐 프랑스 파리 2대학에서 언론학 석사,
커뮤니케이션 전공으로 박사학위를 받았으며
2007년부터 한세대학교 교수로 재직하고 있습니다.
2017년 미국 이스트캐롤라이나대학의 초빙교수를 지냈고
저서로는 '창의력이 배불린 코끼리'(내하),
'스토리텔링 인간을 디자인하다'(상상채널),
'생각의 스위치를 켜라: 창의적인 글쓰기 프로젝트'(박영사),
'스토리텔링 마케팅'(박영사, 공저) 등이 있으며
소설집 '천국을 피하는 법'(조은커뮤니티),
시집 '슬픈 기차를 타라'(내하),
에세이집 '매혹도시에 말걸기'(사람들)를 출간했습니다.
소설문학, 열린시학, 현대시문학, 계간 서시 등에
소설과 시, 수필을 발표 했고
한겨레 신문, 경인일보, 경기저널 칼럼니스트로 활동한 바 있습니다.
YTN, OBS, KFM 미디어 비평, 서울 DDP 스토리 메시지 개발,
멀티미디어 시 전시회(대전 프랑스 문화원),
이응노미술관 전시 스토리 기획,
신리성지 순교미술관 스토리텔링 작업 등에도 참여했습니다.

marylou@naver.com